共和国故事

再次突破

——国家新划一百四十个市县为沿海开放区

袁凤东 编写

吉林出版集团股份有限公司

图书在版编目（CIP）数据

再次突破：国家新划一百四十个市县为沿海开放区/袁凤东编. —长春：吉林出版集团股份有限公司，2009.12

（共和国故事）

ISBN 978-7-5463-1797-7

Ⅰ．①再… Ⅱ．①袁… Ⅲ．①纪实文学－中国－当代 Ⅳ．①I25

中国版本图书馆 CIP 数据核字（2009）第 236743 号

再次突破——国家新划一百四十个市县为沿海开放区

ZAICI TUPO　　GUOJIA XIN HUA YIBAI SISHI GE SHI XIAN WEI YANHAI KAIFANG QU

编写　袁凤东

责任编辑　祖航　蔡大东

出版发行　吉林出版集团股份有限公司

印刷　三河市嵩川印刷有限公司

版次　2010 年 1 月第 1 版　　2022 年 1 月第 10 次印刷

开本　710mm×1000mm　1/16　　印张　8　字数　69 千

书号　ISBN 978-7-5463-1797-7　　定价　29.80 元

社址　吉林省长春市福祉大路 5788 号

电话　0431－81629968

电子邮箱　tuzi8818@126.com

前　言

　　自1949年10月1日中华人民共和国成立至今,新中国已走过了60年的风雨历程。历史是一面镜子,我们可以从多视角、多侧面对其进行解读。然而有一点是可以肯定的,那就是,半个多世纪以来,在中国共产党的领导下,中国的政治、经济、军事、外交、文化、教育、科技、社会、民生等领域,都发生了深刻的变化,中国人民站起来了,中华民族已屹立于世界民族之林。

　　60年是短暂的,但这60年带给中国的却是极不平凡的。60年的神州大地经历了沧桑巨变。从开国大典到60年国庆盛典,从经济战线上的三大战役到经济总量居世界第三位,从对农业、手工业、资本主义工商业的三大改造到社会主义市场经济体制的基本确立,从宜将剩勇追穷寇到建立了强大的国防军,从废除一切不平等条约到独立自主的和平外交政策,从"双百"方针到体制改革后的文化事业欣欣向荣,从扫除文盲到实施科教兴国战略建设新型国家,从翻身解放到实现小康社会,凡此种种,中国人民在每个领域无不留下发展的足迹,写就不朽的诗篇。

　　60年的时间在历史的长河中可谓沧海一粟。其间究竟发生了些什么,怎样发生的,过程怎样,结果如何,却非人人都清楚知道的。对此,亲身经历者或可鲜活如昨,但对后来者来说却可能只是一个概念,对某段历史的记忆影像或不存在,或是模糊的。基于此,为了让年轻人,特别是青少年永远铭记共和国这段不朽的历史,我们推出了这套《共和国故事》。

《共和国故事》虽为故事,但却与戏说无关,我们不过是想借助通俗、富于感染力的文字记录这段历史。在丛书的谋篇布局上,我们尽量选取各个时代具有代表性或深具普遍意义的若干事件加以叙述,使其能反映共和国发展的全景和脉络。为了使题目的设置不至于因大而空,我们着眼于每一重大历史事件的缘起、过程、结局、时间、地点、人物等,抓住点滴和些许小事,力求通透。

历史是复杂的,事态的发展因素也是多方面的。由于叙述者的视角、文化构成不同,对事件的认知或有不足,但这不会影响我们对整个历史事件的判断和思考,至于它能否清晰地表达出我们编辑这套书的本意,那只能交给读者去评判了。

这套丛书可谓是一部书写红色记忆的读物,它对于了解共和国的历史、中国共产党的英明领导和中国人民的伟大实践都是不可或缺的。同时,这套丛书又是一套普及性读物,既针对重点阅读人群,也适宜在全民中推广。相信它必将在我国开展的全民阅读活动中发挥大的作用,成为装备中小学图书馆、农家书屋、社区书屋、机关及企事业单位职工图书室、连队图书室等的重点选择对象。

编　者
2010 年 1 月

目　录

一、 战略决策

● 1984 年初，邓小平亲自考察了深圳、珠海和厦门。考察后，邓小平分别为 3 个特区题词，肯定了兴办经济特区的决策和实践。

● 1987 年 10 月 25 日至 11 月 1 日，中国共产党第十三次全国代表大会在北京举行。

● 3 月 25 日，第七届全国人民代表大会第一次会议在人民大会堂开幕。

开辟沿海经济开放区

1985 年 1 月 25 日至 31 日，中共中央、国务院在北京召开长江、珠江三角洲和闽南厦（门）漳（州）泉（州）三角地区座谈会。

江苏、上海、浙江、福建、广东等有关地区和中央党、政、军有关部门的负责人参加了会议。

会议提出将长江三角洲、珠江三角洲、闽南厦漳泉三角地区开辟为沿海经济开放区的建议，并着重讨论了如何贯彻落实的问题。

会议一致认为：

先将长江三角洲、珠江三角洲和闽南厦漳泉三角地区，继而将辽东半岛、胶东半岛开辟为沿海经济开放区，是我国在进一步实行改革与开放的新形势下，加速沿海经济发展，带动内地经济开发的重要战略部署，有着重大的意义。

会议同时指出：

这三个经济开放区应逐步形成贸—工—农型的生产结构，即按出口贸易的需要发展加工工业，按加工业的需要发展农业和其他原材料的生产。

同年 2 月，中共中央、国务院批转了座谈会纪要。长江、珠江三角洲和闽南厦（门）漳（州）泉（州）三角地区经济开放区市、县包括：

江苏省苏州市及所辖的常熟市、吴县、沙洲县、太仓县、昆山县、吴江县张家港区；无锡市及所辖的无锡县、江阴县、宜兴县；常州市及所辖的武进县、金坛县、溧阳县。

浙江省嘉兴市及所辖的嘉善县、桐乡县、海宁县；湖州市及所辖的德清县。

广东省佛山市及所辖的中山市、南海县、顺德县、高明县；江门市及所辖的开平县、新会县、台山县、鹤山县、恩平县；广州市的番禺县、增城县；深圳市的宝安县；珠海市的斗门县；惠阳地区的东莞县。

福建省厦门市的同安县；龙溪地区的漳州市、龙海县、漳浦县、东山县；晋江地区的泉州市、惠安县、南安县、晋江县、安溪县、永春县。

上海市上海县、嘉定县、宝山县、川沙县、南汇县、奉贤县、松江县、金山县、青浦县、崇明县。

这表明我国对内实施搞活经济、对外实行开放的又一重要步骤。

沿海地区大约有两亿人口，工农业基础较好，商品经济较为发达，科学文教水平较高，交通方便，信息比较灵通，历史上就与国外有广泛联系，在全国经济建设中占有举足轻重的位置。

十一届三中全会后，邓小平积极寻找对外开放、振兴经济的突破口。这时广东的一个建议打开了他的思路。

1979 年 4 月，中共中央在北京召开工作会议。会上，广东省委负责人在汇报工作时，希望中央下放若干权力，让广东在对外经济活动中有较多的自主权和机动余地，允许在毗邻港澳的地方举办出口加工区。

尽管这一建议当场就引起争议，有的领导甚至提出广东如果那样搞，那得在边界拉起 7000 公里的铁丝网，把广东与相邻的几省隔离开来，以防止国门打开后资本主义的东西会洪水猛兽般涌进来。

但是，邓小平给予强有力的支持，在邓小平的倡导下，经济特区的筹建工作紧锣密鼓地进行起来。

1980 年，4 个经济特区相继开工建设，我国对外开放迈出了突破性的第一步。

经济特区的兴办引起了国内外各界人士的广泛关注，有深切理解和热情支持，也有怀疑和指责的。

对办经济特区是肯定还是否定，特区实行的一系列开放政策是对还是错？邓小平对此一直十分关注。

1984 年初，邓小平亲自考察了深圳、珠海和厦门。

考察后，邓小平分别为 3 个特区题词，肯定了兴办经济特区的决策和实践。

特区之行给邓小平留下了深刻印象，特别是深圳的兴旺发达使他进一步坚定了对外开放的信心和决心。

邓小平回京后立即和中央负责同志谈话，提出：

> 我们建立经济特区，实行开放政策，有个指导思想要明确，就是不是收，而是放。

邓小平关于是放不是收的论断，极大地增强了人们的开放意识。

1984年3月26日至4月6日，根据邓小平的建议，中共中央、国务院召开沿海部分城市座谈会，决定进一步开放14个沿海港口城市，把厦门经济特区范围扩大到厦门全岛。

5月4日，中共中央、国务院正式批准开放大连、天津等14个沿海港口城市。

这一举措使开放浪潮涌向中国整个沿海地区，推动着中国经济向新台阶迈进，从而震撼了世界。

许多国家和地区的企业界人士纷纷到这些城市考察和洽谈合作事宜，这些城市引进外资和技术的工作有了长足发展。

1984年底，根据沿海14个城市开放的进展，党中央、国务院进一步研究开放沿海地区，拟把长江三角洲和珠江三角洲的一些市县开辟为沿海经济开放区，实行沿海开放城市的政策，以扩大出口贸易为导向，发展工农业生产，繁荣经济。

邓小平听取汇报后表示支持，高兴地表示：

这很好嘛，沿海连成一片了。

邓小平立即赞同再加上闽南三角地区。

沿海经济开放区，同经济特区、沿海开放城市一样，是我国对外经济联系的桥梁，进出口的重要基地。

十三大提出沿海发展战略

1987 年 10 月 25 日至 11 月 1 日，中国共产党第十三次全国代表大会在北京举行。

参加这次大会的正式代表 1936 人，特邀代表 61 人，出席大会开幕式的共 1953 人，代表着全国 4600 多万名党员。

此外，全国人大常委会党外副委员长、全国政协党外副主席、各民主党派、全国工商联负责人和无党派爱国民主人士、少数民族和宗教界人士 96 人列席了大会，并有中外记者 400 多名采访了大会。这些，在党代表大会上，尚属首次。

邓小平主持了开幕式。

大会在《沿着有中国特色的社会主义道路前进》的工作报告中指出：

> 当今世界是开放的世界。我们已经在实行对外开放这个基本国策中取得了重大成就。今后，我们必须以更加勇敢的姿态进入世界经济舞台，正确选择进出口战略和利用外资战略，进一步扩展同世界各国包括发达国家和发展中国家的经济技术合作与贸易交流，为加快我国

科技进步和提高经济效益创造更好的条件。

大会强调要从国民经济全局出发，开放地区应着重发展外向型经济。

1988年1月，按照中共十三大精神，中央领导人根据对外开放从外向型经济起步和演进的成功启示，正式提出了加快沿海地区对外开放和经济发展的报告。

报告认为，沿海地区应注重发展劳动密集型产业，以及劳动密集与知识密集相结合的产业，沿海加工业要坚持"两头在外"，即把生产经营过程的原材料和销售市场放到国际市场上去，大进大出。报告还认为，利用外资的重点应当放在吸引外商投资上，大力发展"三资"企业。

同时，为了有助于推动沿海地区的发展，必须加快外贸体制改革的步伐，进一步搞活企业机制，充分发挥乡镇企业的生力军作用；切实提高管理水平，让外国企业家能够按照国际惯例来中国管理企业；促进科技转化为生产力，充分发挥我国科技开发力量强的优势。

报告强调，当前我国沿海地区的经济发展，正面临着一个有利的机遇。"为了抓紧利用当前的机遇，沿海地区必须有一个与之相适应的发展战略。总的来讲，沿海一亿多到两亿人口的地区，必须有领导、有计划、有步骤地走向国际市场，进一步参加国际交换和国际竞争，大力发展外向型经济。"

这样，"不仅沿海地区的经济能够加快发展，能够提高水平，而且势必有力地带动中、西部的发展……这不论在经济上还是在政治上，都具有战略意义"。

1月23日，邓小平在这份报告上批示：

完全赞成。特别是放胆地干，加速步伐，千万不要贻误时机。

2月6日，中央政治局第四次全体会议同意上述构想，并决定把它作为一个事关中国工业化、现代化发展全局的重大战略决策加以部署。

中央决定扩大沿海开放区

1988 年 3 月 4 日，国务院在北京召开沿海地区对外开放工作会议。

会议认为：

对外开放 9 年来，一个多层次、有重点的对外开放新布局，即经济特区——内地的新布局，为沿海地区转向外向型经济、参加国际大循环积累了经验，创造了条件。

会议指出：

贯彻落实沿海地区发展外向型经济的战略设想，要进一步改善投资环境，特别是"软环境"。要把出口创汇抓上去，要"两头在外"，大进大出，以出保进，以进养出，进出结合。

会议建议国务院适当扩大沿海经济开放区范围，这个范围大体相当于过去 9 年开放范围的总和。

同年 3 月 18 日，国务院发出《关于进一步扩大沿海经济开放区范围的通知》（以下简称《通知》）。

《通知》说，国务院决定适当扩大沿海经济开放区。这次新划入沿海经济开放区的共140个市、县。

天津市：静海、宁河、宝坻、武清、蓟县。

河北省：唐山市及所辖的丰南、滦南、乐亭、唐海、滦县；沧州市及所辖的沧县、青县、黄骅县、海兴县；秦皇岛市所辖的昌黎、抚宁、卢龙县。

辽宁省：丹东市及所辖的东沟、凤城县；营口市及所辖的营口、盖县；盘锦市及所辖的盘山、大洼县；锦州市及所辖的锦西、兴城市、锦县、绥中县；鞍山市及所辖的海城市；辽阳市及所辖的辽阳、灯塔县；大连市所辖的瓦房店市、新金、庄河县及由金县改成的金州区；沈阳市。

江苏省：南京市及所辖的江宁、六合、江浦县；镇江市及所辖的丹徒、丹阳、扬中、句容县；扬州市及所辖的泰州、仪征市、邗江、江都、靖江、泰兴、泰县；盐城市及所辖的射阳、东台、大丰、响水、滨海县；南通市所辖的南通、海门、启东、如东、如皋、海安县；连云港市所辖的赣榆、东海、灌云县。

浙江省：杭州市及所辖的萧山市、余杭、富阳、桐庐、临安县；绍兴市及所辖的绍兴、上虞、嵊县；嘉兴市所辖的平湖、海盐县；湖州市所辖的长兴县；宁波市所辖的余姚市、慈溪、奉化、宁海、象山、鄞县；温州市所辖的瓯海、乐清、瑞安、平阳、苍南、永嘉县；椒江市；临海市；黄岩县。

福建省：宁德、霞浦县。

山东省：威海市所辖的荣城、文登、乳山县；潍坊市及所辖的诸城、青州市、昌邑、昌乐、高密、五莲、寿光、安丘县；淄博市及所辖的桓台县；青岛市所辖的胶州市、平度、崂山、即墨、胶南、莱西县；烟台市所辖的龙口、莱阳市、牟平、蓬莱、招远、海阳、栖霞；莱州市；日照市。

广西壮族自治区：梧州市及所辖的苍梧县；北海市所辖的合浦县；玉林市；钦州市；防城县。

这样，使全国由经济特区、沿海开放城市和经济开放区构成的沿海对外开放大前沿地带显著扩大，市、县增加到288个。

同年3月25日，第七届全国人民代表大会第一次会议在人民大会堂开幕。

李鹏在政府工作报告中，进一步强调要"不失时机地加快实施沿海地区经济发展战略"，并将其列为今后五年的一项重要任务，要求沿海地区继续扩大对外开放，加快发展外向型经济。

至此，沿海地区发展外向型经济的战略决策最终确立。

二、 规划发展

● 改革开放初期，以"闲钱、闲人、闲屋"起步的石狮，大街小巷车水马龙，并以买卖洋货闻名全国。

● 萧山列入沿海经济开放区之后，大量的日资、美资、德资以及台资企业等纷至沓来。萧山成为台商心仪的大陆十大投资城市之首。

● 作为一种谋生手段，晋江人下南洋，只是"出门挣钱"，如同"闯关东"一样，极少举家迁徙。青年男子做"番客"在外闯荡，汇回来的钱，就成为家中妻小父母的生活来源。

福清吸引侨胞积极投资

1985 年 1 月 25 日，中共中央、国务院在北京召开长江、珠江三角洲和闽南厦漳泉三角地区座谈会，酝酿制订扩大对外开放方案。

2 月 18 日，中共中央、国务院下发了《关于批转〈长江、珠江三角洲和闽南厦漳泉三角地区座谈会纪要〉的通知》，决定将长江、珠江三角洲和闽南厦漳泉三角地区开辟为沿海经济开放区。

福建省厦门市的同安县，原龙溪地区的漳州市（现漳州市芗城区）、龙海县（现龙海市）、漳浦县、东山县，原晋江地区的泉州市（现泉州市鲤城区）、惠安县、南安县（现南安市）、晋江县（现晋江市）、安溪县、永春县等 11 个县（市），被列为沿海经济开放区的范围。

国家对沿海经济开放区实行沿海开放城市的某些特殊政策，要求沿海经济开放区把国外的先进技术设备、先进经营管理经验引进来并向内地推广，把沿海生产的产品向内地销售，满足国内市场，发展出口贸易，开拓国际市场。要求沿海开放区按出口贸易的需要发展加工业，按加工业的需要发展农业和其他原材料生产。

1988 年，中共中央、国务院提出了加快实施沿海地区经济发展的战略。1 月和 3 月，又先后批准福建的 21

个县（市）为沿海开放县，加上石狮在 1987 年由镇升格为市，福建沿海经济开放区的范围扩大到 33 个县（市、区），即漳州、泉州、莆田市所辖各县（市、区）、福州市所辖 8 县、宁德地区的宁德市、霞浦县和厦门市所辖的同安县。至此，福建沿海经济开放区面积由 13 223 平方公里扩大到 41 626 平方公里，占全省总面积的34.4%，人口由 751.59 万人增加到 1710.41 万人，占全省总人口的 60% 左右。

为进一步对外开放，福建省委对一些开放地区又推出更加特殊的开放政策。

1987 年，福清县（今福清市）根据侨乡优势，设立"融侨工业小区"。

中华人民共和国成立后，福清县先后隶属闽侯、晋江、莆田、福州等地、市管辖。1990 年 12 月 26 日，经国务院批准，撤销福清县，建立福清市，仍隶属福州市管辖。

为鼓励侨胞投资，福建省委、省人民政府允许融侨工业小区享受重点工业卫星镇政策待遇。

在福清政府和人民的共同努力下，这里逐渐形成了以塑胶、制鞋、纺织、电子、服装等轻型加工业为主的行业结构，1991 年产值达 6 亿元。

1992 年 5 月，国务院批准建设福清湾投资区，占地面积 50 平方公里，是全国最大的投资区。

1988 年 6 月 1 日，在福建省委的支持下，省人民政府批准湄洲岛为"对外开放旅游经济区"。

湄洲岛位于莆田东南部沿海，全岛面积14平方公里，是海上女神妈祖的故乡。妈祖文化对台湾同胞、港澳同胞和海外侨胞有很强的吸引力和凝聚力，在国际上也有广泛的影响力。

湄洲岛对外开放旅游经济区在实行经济开放区优惠政策的基础上，实行更加开放、更加灵活的政策，广泛吸收台湾同胞、港澳同胞、海外侨胞以及国际上信奉妈祖文化的各界人士联合开发湄洲岛，发展朝拜旅游、投资贸易和文化交流，促进湄洲岛经济繁荣，增进大陆与台湾的联系。

1988年7月12日，在福建省委的支持下，省人民政府批准开辟东山县创汇农业试验区。

东山县是全国县级最大的芦笋生产基地和全省重要的水产品出口基地。东山县创汇农业试验区拥有农业结构调整权、外贸进出口权等10条特殊政策。

芦笋种植、对虾养殖和网箱养鱼成为东山创汇农业的三大支柱，1991年，3项产值2.1亿元，占全县农业总产值的68.2%。

20世纪80年代初的石狮是中国最早的自由市场，潮湿的石板一条街，毗连乌压压的大棚，公开卖的是各种香港货，从丝袜、衣服、风油精到邓丽君的录音磁带，应有尽有。

改革开放初期，以"闲钱、闲人、闲屋"起步的石狮，大街小巷车水马龙，闻名全国。

1984年，这个镇已经成为"一片迷魂般的服装城，胡同纵横交错，七拐八弯，'有街无处不经商，铺天盖地万式装'"。

在我国著名作家蒋子龙看来，"一个陌生人陷入其中，便很难再钻得出这由色彩和布匹构成的迷魂阵了，满眼都是衣服，从地面直挂到屋顶，花花绿绿，无奇不有。从全国各地来的服装贩子，肩上背着硕大的口袋，如鱼得水般地在衣服堆里往来穿梭，寻寻觅觅"。

1986年，石狮镇拥有乡镇企业592家，全镇工农业总产值达1.129亿元。每天进出镇区的大中型客车就有1460多班次，白天平均每分钟11.5辆次。

如此繁荣的经济景象，成为当时石狮乃至中国独特的一道风景。

镇区原有的行政管理体制和镇区设施日益不能适应经济的快速发展，尤其是环卫、排水、交通、电力等基础设施不配套，阻碍了石狮经济的提升。

"那个时候总是三天有电四天没电，因此石狮人婚嫁的彩礼中必定有一件是小型发电机，"曾经是石狮侨联干部的蔡世佳感叹道，"这样的石狮怎么能更快速地发展起来呢？"

为让石狮释放出更大的经济能量，1984年，蔡世佳与另外两位人士建议石狮作为晋江县（即现在的晋江市）的一个经济特区或开发区，并提高石狮镇的地位，直接隶属晋江地区（即现在的泉州市）和省领导。

1987 年 12 月 23 日，在多方呼吁下，国务院批示准予石狮建市，省直辖并由泉州市代管，行政区域包括石狮镇和周边另外三个乡镇。

1988 年 10 月 17 日，在福建省委的支持下，省人民政府批准石狮市为综合改革开放试验区。

在实行沿海经济开放区政策的基础上，福建省委、省人民政府赋予石狮市在外经、外贸、技术引进和技术改造及金融外汇等方面 16 条灵活政策和措施。

至 1991 年，石狮市仅服装企业就有 400 多家，有 6000 多家服装摊点分布在全国各个市场，服装销售额达 6.2 亿元，产量达 6000 多万件。

1991 年与 1978 年相比，石狮市社会总产值增加 9.8 倍，工农业总值增加 10.9 倍，出口交货总值增加 5.4 倍，财政收入增加 16.4 倍，农民人均纯收入增加 18 倍，城市人均生活费收入增加 66 倍。

1990 年 9 月 3 日，在福建省委的支持下，省人民政府批准开辟泉州马甲为引进优良畜牧品种试验区，由侨胞投资兴办，投资逾 2 亿元，初步形成包括教学、科研、生产在内的综合配套体系，开创了一条引进侨资加快农业系列开发的新路。

1991 年 5 月 17 日，在省委的支持下，省人民政府制定了《福建省鼓励外商投资开发经营成片土地的暂行规定》，鼓励充分运用对外开放的优势，引进外资推动工业小区的成片开发，促进利用外资向更高层次发展。

　　同年 10 月 10 日，福建省人民政府又制定《关于鼓励外商投资农业综合开发的暂行规定》，并决定推出沿海 29 个岛屿、突出部和国营或集体农场、林场、养殖场，作为鼓励外商投资农业区域综合开发的重点区域。

萧山大力发展外向型经济

萧山这个"敢叫沧海变桑田"的地区，在 1978 年之前，是一个全国闻名的农业大县，其中以"萝卜干"这种普通的农产品为代表的农业，是萧山的立县之本。

不过，1978 年之后，一切都在变化。

借着改革开放东风，萧山提出了"无工不富、无工不活"的发展口号，大力发展乡镇和社队企业，奠定了农村工业的基础，实现了农村工业发展的第一次飞跃。

就在不断的探索与追逐当中，以万向为代表的一大批乡镇企业在萧山迅速崛起，为萧山赢得了发展的先机。

据记载，萧山在 20 世纪 80 年代就跻身于浙江省首个全国百强县，跨入全国十大财神县，在改革浪潮中一路领跑。

1988 年，中国改革开放已历经 10 年。

当年 1 月 1 日的萧山农科报上发表了一篇经济杂谈，标题是《搞"三来一补"大有可为》。

文中提道：之江西服厂通过"三来一补"的形式，产品全部出口，给国家争创了外汇；杭州万向节厂的产品出口 7 个国家和地区，前一年出口创汇突破 300 万美元，创了该厂的历史纪录……

"外向型经济"正是这一年萧山媒体上最叫座的

词语。

此时的萧山，对外开放已经取得了一定的成果。

当年，萧山市政府在首次举行的新闻发布会上说：

> 萧山的不少产品已经从田野、乡村走向了全国，走向了世界，一些产品如万向节等在国外已经享有较高的声誉。

不过，在1988年之前，外商投资企业只有杭丰纺织有限公司和泰康食品有限公司两家。

就在这一年，萧山被国务院列为沿海经济开放区，这为萧山扩大开放打开了一扇窗口。

列入沿海经济开放区后，萧山发展外向型经济有了更多税收等优惠政策。

利用这个机会，萧山成立了综合性涉外经济管理部门，即萧山市对外经济贸易委员会，并出台了发展外向型经济的规划，开始实施外向带动战略。

区外经贸局的孔灿法后来回忆说：

> 一开始只有我们两个人，对外经济贸易当时也是一个新鲜事物，我们很多方面也不太懂，所以最初就是学习外经贸这一方面的政策法规。

有了"沿海经济开放区"这块金字招牌，到萧山来投资的外商多了起来。

先期进入萧山的客商都是香港、台湾的同胞或者东南亚的华裔，因为这些人与中国大多有着千丝万缕的关系，非常关注祖国的发展，有些直接是从萧山出去的，心系着家乡的建设。

在成为沿海经济开放区的当年，萧山就有 6 家投资企业立项。

在成为沿海经济开放区后的第六年，外商已经开始青睐萧山这片富饶而有活力的热土。

这是因为改革发展进一步深入，各种壁垒逐渐减少，外商也逐渐熟悉了中国改革开放的优惠政策。

友成控股是 1992 年来到萧山的。增田胜年这位来自日本静冈县的商人敏锐地意识到了萧山的发展潜力，果断在此建立了第一个工厂，友成由此成为萧山的第一家日资企业。

比别人早到一步的友成占尽了发展先机，企业的销售收入由当初不足千万元，迅速攀升到 2007 年的 4.5 亿元。

在友成旗下，杭州友成机工有限公司、友成实业有限公司、杭州友成模具技术研究有限公司、友成（中国）模具有限公司在开发区生根开花结果。

萧山列入沿海经济开放区之后，大量的日资、美资、德资等纷至沓来。萧山还成了台商心仪的大陆十大投资城市之首。

2001 年，新世纪的开局之年，萧山迎来了撤市设区的历史性时刻。

3 月 25 日，萧山举行撤市设区挂牌仪式，杭州市萧山区正式宣告成立。

萧山建县于西汉初，始称余暨，属会稽郡。三国时，孙权于黄武年间，即 222 至 229 年，将余暨改为永兴。

唐天宝元年，即 742 年，改永兴为萧山，以县西边的萧山为名。

作为山名的萧山，早在《汉书·地理志》余暨县名之下已有记载，其来历是当年越王勾践被吴王夫差战败，率剩下兵卒停留于此，四顾萧然，故称此山为萧然山，亦名萧山。

自唐改称萧山以来，除清咸丰十一年，即 1867 年至同治二年，即 1863 年太平军占领萧山期间，为避西王萧朝贵、南王冯云山之讳，改为"菹珊"外，均称萧山县。

直至 1988 年元旦，撤县设市，改称萧山市。2001 年 3 月，杭州市扩大市区行政区域，萧山撤市设区。

在融入杭州大都市、跨入钱塘江时代的新起点上，萧山面临着前所未有的机遇和挑战。

萧山人认识到：

> 工业是萧山的资本和名片，没有工业化，城市化、现代化就缺少支撑和原动力。处在工业化中后期的萧山，只有在这个命题上有大的

作为，才能形成新一轮发展的新优势。

从干部到群众，从机关到企业，加快发展的氛围无处不在：推进工业经济，加强技改投入，推动产业升级，搭建创业平台，培育龙头企业……

在新世纪短短的 5 年时间里，萧山的工业总产值实现了从 1000 亿元到 3000 亿元的大跨越，年均增幅始终保持在 30% 的高位上，继续保持了工业在全省、全市"一高一领先"的地位。

静海打造良好投资环境

1988 年 3 月，静海县被国务院列为沿海经济开放区。这为静海县的经济社会发展带来了前所未有的机遇。

静海县是我国四大直辖市之一天津市的辖县，辖 18 个乡镇，384 个行政村，县域总面积 1414.9 平方公里。

相传，有凤凰曾在静海城西五里而落，当地先民便筑"凤凰台"，因此，静海亦称"凤城"。

据史料记载，静海乃退海成陆，史称"长芦"。西汉时期，设东平舒县，时有人口 4 万，并呈"人口滋盛，经济繁荣"之象。

隋唐时期为鲁城县、平舒县，宋代为"乾宁军"，金元时为靖海县，明代至今称静海县。

在陈官屯镇西钓台村发现的汉代古城，在沿庄镇东滩头村发现的汉代古墓，在沿庄镇元蒙口村发现的宋代古船，被考古专家称为"静海三古"。

作为国务院批准的首批沿海开放县，多年来，静海县委、县政府在党的改革开放政策指引下，以邓小平理论和"三个代表"重要思想为指导，积极带领全县人民解放思想，拼搏创业，全县经济社会各项事业全面发展。

尤其是"十五"以来，静海县依托良好的投资环境，制定优惠政策，大力实施"引资兴县，工业立县，科技强县"等战略，吸引了众多中外客商前来投资置业，共谋发展，使投资者从中受益，实现共赢。

静海人民和中外投资者在静海这块宝地上，创造出一个个骄人的业绩。

"十五"期间，静海县人民在县委、县政府的正确领导下，坚持以经济建设为中心，围绕"三年大变样，五年上台阶"的奋斗目标，以招商引资为突破口，以工业立县为动力，以民营强县增活力，以不断提高人民生活水平为根本出发点，以求真务实精神为保证，紧紧把握"打基础、积后劲、增活力"的思想不放松，成功克服了各种困难和不利因素的影响，保持了经济持续、快速、稳定增长，使"十五"期间成为静海县历史上发展最快、最好，城乡面貌变化最大，群众得实惠最多的时期。

改革开放使静海县国民经济快速发展，综合实力显著增强。

2005年，全县生产总值达132.6亿元，突破了翻一番的目标。全县法人单位资产总量达300亿元，比2000年翻了一番多。

经济社会综合发展实力得到显著增强，在国家统计局2004年全国县域社会经济综合发展测评中，静海从全国2063个市县中脱颖而出，被列为中国最发达百强县之一。这标志着静海的发展水平、发展活力、发展潜力已达到国内县域社会经济发达水平。

静海县还不断加大结构调整力度，使其产业结构、所有制结构、经济运行质量都发生了显著变化。

第一产业形成以养殖业和优质高效种植业为主体的农业生产格局，2005 年增加值达到 13 亿元；第二产业在调整中实现产业升级和规模优势，成为推动全县经济快速增长的主导力量；第三产业发展步伐加快，新兴服务业不断壮大，多种所有制经济共同发展的格局基本形成，对促进经济增长，增加居民收入，发挥了重要作用。

静海举全县之力抓招商引资，已成为静海经济工作的重中之重。2005 年全县共引进内外资项目 129 个，共吸引对方协议额可达 31 亿元以上。

2005 年，全县完成全社会固定资产投资达到 45 亿元，比 2000 年增长 3.7 倍，投资重点集中在冶金、电子、电力、建材、纺织、化工、制药等行业。一批重点工业项目的建设投产，进一步改善了全县产业产品结构，提高了产品技术含量和附加值，从而提高企业和产品的市场竞争力。

同时，静海进一步加大了城镇基础设施建设，改善农业生产条件，提升商业载体功能，提高城乡居民生活质量等方面的投资力度，一批教育、卫生、文化等公益性项目投资扩大，为构建和谐静海奠定了良好的基础。

静海在原有县经济开发区、团泊风景区的基础上，又建成三大工业园，规划建设的乡镇工业集中区和村级工业聚集区建设步伐加快。

县经济技术开发区新区、天宇科技园、子牙环保产业园等园区呈现出良好发展态势。

一是规模大。几大园区总规划面积 14.42 平方公里，现已开发 12.62 平方公里，占规划面积的 87.5%，园区基础设施累计投入已达 5.5 亿元。

二是园区建设高起步。园区规划设计都经过了严格的科学论证，实行长期规划与近期开发相结合，基础设施实现了"八通一平"，在项目引进上注重产品的高科技含量和高附加值。

三是引资效果好。载体功能不断完善，园区累计入驻企业 224 家，固定资产投入达 34.4 亿元。

此外，县城面貌发生巨变，城市化进程步伐加快。静海县城建设实现了历史性突破，住宅、道路、桥梁、公用事业等建设成就斐然，县城交通、供水、供电、供气、邮电、通信能力等大为改善。

城市基础设施投资由 2000 年的 0.3 亿元增长到 2005 年的 5.4 亿元，尤其是县城东移，加快了向中等城市发展的步伐，城市基础设施更加完善，大幅度提高了县城载体功能。

城市环境综合治理工作取得明显成效，先后改造了争光渠，拓宽了县城道路，兴建了健身广场、文化广场、中心广场等大型广场和一批中小型广场和公园，一个亮起来、绿起来，既有文化品位，又有现代气息的静海开放县城已呈现在世人面前。

中国北方率先实现农村住宅楼房化、轿车进家庭的史家庄，全国精神文明建设文明村西双塘等成为静海县新农村建设的缩影。

城乡居民收入大幅增长，生活水平显著提高。随着静海县经济不断发展，城乡居民生活水平显著提高。职工工资和农民人均纯收入上了一个台阶。

随着收入的快速增长，居民生活质量迅速提升。农民人均消费年均支出 2670 元，比"九五"期间年均消费多支出 555 元。按照国际通用标准"恩格尔系数"来衡量，农村居民恩格尔系数为 33.6%，而 20% 至 40% 就为富裕型的标准，农村居民以食品消费为主的消费格局被打破，由温饱型步入富裕型。

随着引滦入静、天然气入静、农村饮水工程的完工，农村家庭燃料向煤和液化气的转变以及城镇居住小区的入住和农村新村建设、农村教育布局调整、农民合作医疗推进，城乡居民的生活质量显著提高了。

消费层次明显升级，家庭财产日趋丰厚。2005 年城乡居民储蓄存款余额达到 82 亿元，比 2000 年增长 36 亿元，人均储蓄存款达 1.57 万元，比 2000 年人均 0.91 万元，纯增 6600 元。

精神生活更加充实，文化品位不断提高。每年农民家庭人均文化消费支出为 232 元，比"九五"期间人均文化消费多支出 82 元，占家庭消费支出比重的 8.8%，全民学习的社会氛围日趋浓厚。

静海围绕"爱国守法，明礼诚信，团结友善，勤俭自强，敬业奉献"的道德规范，认真贯彻落实《公民道德实施纲要》，大力开展精神文明创建活动和丰富多彩的群众文化活动。

尤其是每年一度的消夏文化广场、十佳文明新事，文明机关、文明窗口、文明工商户等创建评选活动和文化科技卫生"三下乡"活动深入人心，深受群众欢迎，为全县的经济社会发展提供了精神动力和智力支持。

丹东下功夫改善软硬环境

1988年3月18日，国务院正式批准丹东市为对外开放城市。

4月8日，新华社向国内外播发了国务院进一步扩大沿海经济开发区范围的消息：决定辽东半岛对外开放。辽宁省丹东市及所辖的东沟县（今东港市）和凤城县（今凤城市）名列其中。

从此，丹东市及东沟、凤城两县正式宣布对外开放。

1988年5月8日至9日，国务院原副总理、时任全国政协副主席的谷牧来丹东视察，肯定了丹东几年来对外开放方面所做的工作，并为丹东题词：

当好辽东开放的左翼先锋

此后，随着丹东对外开放进程的不断加快，丹东市的对外经济、文化交往日益频繁，并同一些国家尤其是周边国家的城市结成了友好城市，从而进一步扩大了丹东在国外的知名度。

事实上，从1985年初，丹东的对外开放工作就开始了。

1985年，沿海14个开放城市的成功经验启示了丹东市，要实现对外开放，首先要在改善软硬环境上下功夫。

为此，丹东市主管计划工作的部门坚持"两手抓"的方针，在硬环境方面，提出了以城市基础设施项目建设为突破口进行规划布局。以交通、通讯设施齐全的面貌迎接对外开放。

软环境方面，突出舆论宣传，进行迎接对外开放规划编制，为争取丹东对外开放的资格，设置了丹东对外开放前期办公室，举办对外开放研讨会，宣传丹东。

1985年6月4日至5日，辽宁省政府在丹东市召开丹东对外开放前期准备工作现场办公会，希望丹东市搞好开放前期的准备工作，为辽东半岛早日开放创造一个良好的投资环境。

时任辽宁省副省长王光中、省长助理白立忱和省直20多个部门的领导听取了时任丹东市市长郑平关于这项工作的情况汇报。

会议认为：

丹东市是我国最北端的沿海港口城市，地理位置优越，资源丰富，国家实行开放政策以来，对外经济交往日益频繁。同时，丹东市还是辽宁以及东北的一个重要窗口，搞好以大东港为重点的各项开放前期准备工程建设，争取早日对外开放，不仅对振兴辽宁具有重大影响，对繁荣东北也有着深远的战略意义。丹东自

> 1984 年起努力抓紧以大东港区建设为中心的开
> 放前期准备工作,指导思想是正确的,行动是
> 积极的,工作进展较快。

王光中和白立忱分别在会上讲了话,要求丹东市的
开放工作要敞开大门,抓好对市外、省外和国外开放的
三个层次工作。要大力发展横向和纵向经济联合。继续
抓好利用外资、引进先进技术,特别是多搞一些直接利
用外资的项目。要发展对外贸易,多创外汇,多渠道解
决资金问题。把改革与开放结合起来。要下大力气办好
教育,多出人才,快出人才。要处理好改革中的三个关
系,即宏观调控与微观搞活的关系,纠正不正之风与坚
持改革的关系,效益与速度的关系。

1985 年,丹东改革开放和经济建设进入一个新的发
展时期。

“七五”规划蓝图提出以城市基础设施建设为主线,
加快丹东对外开放步伐,实现工农业总产值翻一番。十
大工程的提出是以机场、火车站前期论证工作开始的,
总投资 2.6 亿元,到 1989 年下半年全部投入运转使用。
它标志着丹东市对外开放在硬环境建设上达到了一个新
的水平。

这十大工程项目是:丹东港大东港区 5000 吨级码头
建设工程;丹东港浪头港区一个 3000 吨级泊位改造和两
个 3000 吨级泊位新建工程;浪头民航机场扩建工程;远

洋船队组织项目；鸭绿江航道疏浚工程；引进万门程控电话工程；丹东长途微波站建设工程；丹东铁路车站改扩建工程；丹东油制气工程；丹东站南立交工程。

1991年5月，为加快对外开放的步伐，丹东市委、市政府决定组建丹东市对外开放工作委员会，自筹资金开发沿江地带。

9月20日，丹东沿江开发区正式动工兴建。

1992年3月，中共辽宁省委、省政府在丹东召开现场办公会，将其确立为省级开发区。

7月7日，国务院正式批准设立丹东边境经济合作区，丹东沿江开发区遂成为国家级开发区。为保持工作的连续性，对外既称"丹东边境经济合作区"，也称"丹东市沿江开发区"。

合作区的设立，带动了丹东旅游及相关产业的发展，成为丹东对外开放的主要象征。它的设立，不仅改造了丹东老城区，而且使丹东的城市建设向现代化迈进了一大步。

进入20世纪90年代，经过全市上下共同努力，圆满完成了"七五""八五"规划，完善了交通、能源、城市建设、通讯四大基础设施，尤其在交通建设上，速度更快。

从1994年到1997年，累计投资7亿元，完成了丹东至大连、沈阳、通化二级路改建、扩建工程，市内新建了三号干线、外环路，延长了滨江路，拓宽了朝凤街，形成"一环三路一网"的道路格局。

1999 年，丹东公安街道路改造开工。下半年，丹沈高速公路丹本段全线开工，2002 年建成。

从此，丹东成为铁路、公路、水运、航空、通讯四通八达的综合立体的交通运输中心和集散地。

2009 年 7 月 1 日，国务院总理温家宝主持召开国务院常务会议，讨论并原则通过了《辽宁沿海经济带发展规划》。包括丹东、大连、锦州、营口、盘锦、葫芦岛等沿海城市在内的辽宁沿海经济带，地处环渤海地区重要位置和东北亚经济圈关键地带，资源禀赋优良，工业实力较强，交通体系发达。加快辽宁沿海经济带发展，对于振兴东北老工业基地，完善我国沿海经济布局，促进区域协调发展和扩大对外开放，具有重要战略意义。

而作为辽宁沿海经济带的左翼先锋，《辽宁沿海经济带发展规划》中明确提出，进一步发展丹东产业园区，重点发展汽车及汽车零部件、精密轻型装备等装备制造业，制药精细化工及电子信息等高技术产业，旅游、口岸物流等服务业。

面对机遇和挑战，丹东市委十届八次全会报告中指出：

今后一个时期，我们要深入贯彻落实科学发展观，抓住辽宁沿海经济带上升为国家战略的有利机遇，立足北黄海，面向东北亚，以港口建设为龙头，沿江、沿海经济为纽带，以"西进东联"加强区域合作为牵动，着力做强做大优势主导产业，着力改善民生，营造和谐环境，加快促进丹东大开发、大开放、大发展，全力把丹东打造成为辽宁对外开放新窗口和沿海发展的重要增长极，东北东部出海新通道，东北亚地区国际化港口城市。

日照成立对外出口加工区

1988 年 3 月 18 日，国务院发出《关于进一步扩大沿海经济开发区范围的通知》，把沿海经济开放区扩展到山东半岛、辽东半岛及其他沿海地区的市、县，批准青岛、烟台、威海、潍坊、淄博 5 个地级市和日照、莱州 2 个县级市共 44 个县（市、区）为山东半岛经济开放区，实行国家赋予的优待外商投资政策。

由此，古老而年轻的日照市，在沿海经济发展战略中成为对外开放的前沿，迈步走向了世界经济的舞台。

在日照与外部世界的相互凝视中，沿海开放赋予日照新的任务，即由计划经济体制下的内向型经济，转向发展市场经济条件下的外向型经济；由农业与农村经济为主，转向主要发展工业和城市经济。这是日照经济社会发展上一个新的转折点。

"刚列入沿海经济开放区，干部和群众激动了好一阵子，"1971 年参加工作，1977 年担任日照县委办公室秘书的安伯平，见证了日照对外开放的光辉历程，用他的话说，"大大鼓舞了干部和群众的积极性，很兴奋，也很新鲜，都想为开放干点事，但是角色转换得太快了，整个的来说，就是不适应，观念不适应，体制不适应，基础设施不适应。"

●
规划发展

安伯平的语气颇为激动："当时日照面临的最大问题就是环境不行，硬环境不硬，软环境更显不足。"

"先进的港口与落后的城市"，始终是日照市发展中的一对矛盾，特别在成为沿海经济开放区之初，更为突出。

落后的还有观念。过去搞惯了"内向型"，一下子转到"外向型"，相当多的人一时转不过这个大弯子，遇到个涉外问题首先考虑姓"社"还是姓"资"；一个项目要盖几十个公章，办事效率太低；精通涉外业务的人才缺乏，中央给予的特殊政策不会用……

一系列的"瓶颈"把三资企业挡在门外，严重阻碍了日照发展的脚步。

"意识是行为的先导，硬件的东西可以花钱补上，但思想跟不上，那早晚得在竞争中掉队。"安伯平道出了当时很多人的心声。

日照市上下在解放思想中达成共识：狠抓投资环境建设，"软硬齐抓，以软补硬，重点突破，加速开放"。

为此，日照市委、市政府明确提出，"实行一个窗口对外，一条龙服务，一个公章办事，以优质高效的服务吸引外资，力争每一个有可能引进的项目都能在日照安家落户"，使企业整天围着公章批文团团转的问题逐步得以解决。

开放是双向的，不仅对外开放，而且还要对内开放。日照市委、市政府制定了对外鼓励外商、华侨、港澳台同胞和内地省、市、县来日照投资的优惠政策，广泛"内联外引"，积极吸引国内外资金建设日照。

仅 1991 年 6 月 12 日，日照就发布了 4 个相关规定和办法。

在硬环境方面，日照市委、市政府把有限的资金用在刀刃上，在狠抓"三通一平"的同时，重点抓了微波线路的建设，开通了国内直拨电话和国际电话，让现代化的通讯把日照与世界紧密连在一起。

随着观念的转变，眼界的放开，日照积极地走了出去。

1988 年，先后在青岛举行了日照新闻发布会，在北京人民大会堂召开了发展外向型经济恳谈会，在香港举行洽谈展销会。

同年 7 月，成立了日照对外出口加工区。

经过一系列宣传争取工作，先后有兖日水煤浆、大宇水泥、木浆厂、电厂、钢铁厂等一批大项目提出意向来日照投资。山东省第一家外商独资企业绢花厂、世界上第一家出口水煤浆企业中日合资兖日水煤浆有限公司均在那时落户日照。

1991 年，为更好地贯彻落实山东省委、省政府关于"加强港口管理，搞好对外开放，开发建设鲁南，振兴山东"的指示，把日照市出口加工区办成"技术的窗口、管理的窗口、知识的窗口、对外政策的窗口"和出口基地，当年 6 月 9 日，日照市委、市政府作出关于加快出口加工区开发建设的决定。

当月，调整党工委、管委会领导班子。时任市政协秘书长的徐凤文兼任党工委书记，时任市计委副主任的毛继春兼任党工委副书记。

当时，办公地点是租来的，在北张家村附近，火车站对面的站前宾馆。那是个三层小楼，只租了几间房子做办公室，没通暖、没通气，冬天得戴着棉手套、棉帽子在屋里办公，厕所是露天的，下雨时上厕所得顶着报纸或打着伞。

1991年8月25日，按照山东省委、省政府加快实施沿海地区经济发展战略的设想，日照市出口加工区开工建设，先期开发面积3平方公里。

在当时，在港口工业小区，即港务局生活二区举行了开工典礼，率先开工建设的是港口工业小区和林滩生活小区。

出口加工区开发建设的启动点是尽快将海滨六路等三条道路实现"五通一平"，即通路、通电、通水、通暖、通气、平整土地。

10月18日，在出口加工区建设指挥部第二次会议上决定筹建制药厂，并在港口工业区办公楼对面建设出口加工区办公大楼。

"当时，山海天归出口加工区管理，石臼街道办事处也已经划归加工区管理，但是一直没有落实。也就是说，出口加工区基本没有地，根本没有大的发展空间。"高俊峰回忆说，"1991 年，加工区仅有中外合资企业 3 家，内联企业 12 家，生存到如今的寥寥可数。那时准入门槛也低，一个提包、一个经理租间房子就成立了公司。1991 年全区国内生产总值是 4300 万，利税 130 万元。"

真正的起步是从 1993 年开始的，那年 9 月，东港区石臼街道的 11 个村居正式划归开发区，开发区的面积达到 13 平方公里。路网建设等配套工程也基本成型了，企业慢慢被招引来了。

2003 年 4 月，新一届市委、市政府高度重视日照开发区发展，拓展了开发区发展空间，同时随着日照港口、区位、生态等优势的凸现，开发区进入了加快发展的机遇期。

潮涨潮落，黄海岸边涛声依旧，但日照却发生了翻天覆地的变化："走出去，请进来"，到 2008 年，累计批准设立外商投资项目 1000 余个，国内外大项目纷至沓来；先后与土耳其特拉布松省特拉布松市、新西兰吉斯本地区、日本室兰市、墨西哥夸察夸尔科斯市、韩国忠清南道唐津郡等结为友好城市，与德国舍纳贝克市等近 20 个城市建立友好交流合作关系；服务鲁南经济带和陕西、河南、新疆等腹地沿桥地带的力度加大，接轨青岛深入推进，与环渤海、长三角、珠三角等区域经济的合作取得新进展。

开放的日照沿着科学发展的轨道阔步前进，开放型经济不断发展壮大，对外贸易日趋活跃繁荣，出口商品结构不断优化，加工贸易拉动作用加大，市场多元化战略成效明显，进出口企业队伍壮大，2007 年日照外资企业发展到 1000 多家，其中来日照投资的世界 500 强企业达到 16 家，尤其是在汽车及零部件、浆纸、粮油加工等产业领域，引进了一批技术含量高、市场前景好的优势项目；外贸进出口额 57.6 亿美元，居淮海经济区首位。

开放的领域还从第二产业逐步扩展到第三产业，2007 年全市实现农产品出口 6 亿美元，新批服务业外资项目 12 个，先后与 137 个国家和地区建立了经贸合作关系，与国外 5 个城市缔结友城关系，在 18 个国家和地区设立了境外机构。

各类园区的载体服务功能不断提升，日照经济开发区、岚山经济开发区、日照高新技术产业园区、莒县工业园、五莲县工业园 5 家省级园区，上一年吸引了全市 73.4% 的外资额，创造了 50.3% 的进出口总值，成为日照外来投资的聚集区和对外开放的示范区。

外来投资规模不断扩大，仅 2007 年利用外资占日照市固定资产投资的比重就达到 10% 以上。外向型经济拉动作用不断增强：涉外税收占全市税收的比重达 15.5%，外商投资企业就业人数占全市城镇在岗人数的比重达 18.3%，外贸依存度提高到 66%。2007 年，日照市境内国税收入超过 100 亿元，居全省第八位。

对外开放，给了日照人前所未有的创业激情。从相对闭塞到开门迎新，从引进模仿到自主创新，日照，正在进一步提高开放层次和水平，在改革开放的道路上迅跑。

淄博实施科教兴市战略

1978 年 12 月，伴着理论和思想上的拨乱反正，党的十一届三中全会胜利召开，一个思想解放、改革发展的新时代到来了。

改革的序曲是从广袤的农村开始的。农村联产承包责任制的提出和推开，犹如打开了潘多拉的魔盒，全面解放了禁锢多年的农村生产力，农民的积极性极大地调动起来。

淄川区淄河镇的前香峪村，最早燃起了农业生产大包干责任制的火种。

前香峪村的大胆实践和成功探索，震动和启发了周边地区的农民。

1980 年，高青县花沟公社 40 多个生产大队实行土地到户、责任到人的生产责任制；临淄区原敬仲公社白兔大队和张二大队实行了以井定片、以片定产、包产到组、联产到劳的责任制。

1980 年 11 月，淄博市召开了进一步加强农村联产承包责任制工作会议。

此后不久，责任制由包产发展到包干，家庭联产承包责任制在全市范围内普遍展开，成为农业生产责任制的主要形式。

权责明确、利益直观的土地经营制度改革，让广大农民看到了脱贫致富的希望，激发了这些祖祖辈辈面朝黄土背朝天的土地守望者的信念和热情，淄博市涌现出了许多"一年翻番、两年致富、三年建新房"的农村典型。

江北第一个吨粮县、双千县桓台县，全国百公斤低酚皮棉县高青县，全国西红柿之乡临淄区，全国无公害果品基地县沂源县等一批典型不断涌现。

家庭联产承包责任制的实行，带来了前所未有的生活富足，使得广大农民勤劳致富的愿望更加强烈。

1981 年 7 月，淄博市委、市政府适时作出了发展农村多种经营的政策规定，此举在山东全省开了先河，在全国也属于领先，农民发展多种经营的积极性和聪明才智一下子被释放出来了。

1984 年，中国农村产权改革的先行者周村区周村乡长行村，针对一些地区在土地承包经营中出现的集体资产分光的状况，毅然实行了把原生产大队及企业积累财产折股到劳、按股分红的经营方式，开创了村级企业实行股份合作制的先河，并逐步扩散到周村全区和周边地区，后来被国内经济界人士称为"周村模式"。

周村，成为山东省内乃至国内股份合作制的发源地，在我国农村经济改革史上，留下了浓重的一笔。

到 1985 年底，全市乡镇企业职工首次超过了国企职工人数，工业产值过百亿元。继实行责任制后，农村经济实现了新的飞跃，村庄建设、小城镇建设随之起步，农村面貌为之一新。

1987 年 6 月和 1988 年 4 月，周村区先后被山东省和国务院批准为农村改革试验区。

周村股份合作制的探索，催生了乡镇企业的发展。许多农民放下犁耙，走进工厂，投入到了农村工业化的浪潮之中，乡镇企业如雨后春笋，破土而出。

进入 20 世纪 90 年代，大批乡镇企业先后实行经营者持大股等改革改制，又促成了淄博市股份经济和民营经济的发展，也为淄博这座工业城市以后的转型和企业大规模改制、上市，埋下了伏笔，奠定了基础。

改革开放使集体经济富足了，富裕起来的淄博农村没有忘记还处在半温饱状况的革命老区和偏远乡村农民。

1984 年 9 月，博山区柳杭村与延安市枣园村结为"文明姊妹村"。从此，全市开展起了"先富帮后富，后富促先富，共建文明村，同奔富裕路"活动，数年间，文明姊妹村发展到 361 对。

乡镇企业的蓬勃发展，掀起了淄博农村工业化的浪潮，也拉开了城乡统筹发展的历史序幕。

从 20 世纪 80 年代的"城乡一体化""挂网联"，到新世纪"一个主体、两轮驱动"的社会主义新农村建设，使农村面貌焕然一新，基本实现了村村通柏油路、通公交车、通自来水、通宽带网、通广播电视，实现了城乡供水一体化，燃气、供暖也开始由近郊向农村延伸。

农村改革的成功，为城市经济体制改革提供了经验。

淄博，这个具有百年现代工业发展的城市，在转型改制、优化结构、转变发展方式中，成功度过了改革的阵痛，继续着辉煌的发展篇章。

1980年9月，淄博市提出了发挥重工业优势，建设水平较高的重工业基地，加快发展农业、轻工业和加工业，提高科技教育水平，把淄博建设成一个科技教育结合、城乡结合、经济协调、富裕文明现代化城市的发展战略目标。

1988年，淄博市被国务院划入山东半岛沿海经济开放区城市，以此为起点，全市上下加快实施外向带动和经济国际化战略，营造全方位、多层次的对外开放格局。

80年代中后期，淄博市在全国较早提出并实施了科教兴市战略和城乡一体化等重大部署。

1992年，淄博市全面进入由计划经济体制向社会主义市场经济体制转型，先后确立了结构优化、经济国际化、城市化战略。

1992年11月，经国务院批准设立了淄博高新技术产业开发区，成为全国53家国家级高新区之一，使淄博的对外开放获得了一个强有力的助推器和窗口。

然而，前进的道路并非一帆风顺。到20世纪90年代中期，老工业城市、资源型城市在转型期所特有的结构性、体制性、机制性矛盾集中爆发，这也使得刚刚踏上二次创业征途的淄博人民不得不面对沉重的历史包袱。

1995 年至 1997 年，伴随着国有企业改革，解决企业兼并破产、下岗职工再就业等，成为当时十分重要的任务。

1998 年，全市国有企业亏损面达到 52.3%，其中地方国有企业亏损面达到 55.8%；高峰时期有十几万职工下岗，是全省负担最重的城市。

粗放式的工业结构，对生存环境构成了极大压力。二氧化硫、大气总悬浮微粒和烟尘、废气年排放量均居全省首位。

困难面前，淄博市委、市政府坚持以人为本，带领全市干部群众，同心同德，不断地攻坚破难。

早在 80 年代，淄博市工业企业就开始积极尝试经济责任制、承包制、租赁制，90 年代通过引进战略投资者、鼓励经营者持大股、企业法人交叉持股等方式，大规模进行企业改制和二次改制，初步建立了多元化的分配机制和现代企业管理机制以及现代产权制度。

在艰苦探索、充分酝酿的基础上，淄博市委、市政府打出了改革的组合拳，分别实施了工业管理体制、区县财税体制、企业战略性重组、企业产权制度等四大改革，有力地推动了企业的改革发展。

新华医疗器械股份有限公司，这个诞生于 20 世纪 40 年代的我军第一个医疗器械厂，90 年代彻底滑入发展谷底。

困境中，公司破釜沉舟，全力以赴开发新项目，走自主创新之路，成长为世界知名的消毒器械和手术器械生产商。

山东金晶集团的前身成立于 1904 年，是淄博市最早的近现代工业企业之一。面对老国有企业发展中的困难，始终坚持上新创新，狠抓项目建设，超白玻璃等高附加值、拥有自主知识产权的新产品层出不穷，始终保持了旺盛的发展活力。

山东省开采历史最悠久的大型国有煤矿，淄博矿业集团，20 世纪 90 年代成了当时全国重点煤矿 36 户特困企业之一。淄矿集团全面推进观念转型、体制机制转型、管理转型、产业转型、素质转型，终于走出了困境。

经过全市上下艰苦卓绝的努力，淄博老工业基地的结构性、体制性、机制性矛盾基本得到解决，国有资产战略性调整基本到位，从而推动经济社会发展冲破徘徊局面，成功实现了老工业城市的转型，城市综合经济实力、市场竞争力、可持续发展能力实现了历史性跨越。

对外开放水平也不断提高。淄博先后同美国伊利市、法国拉罗什市、俄罗斯诺夫哥罗德市等 10 个城市结为正式国际友好城市，同 70 多个国家和地区建立了经贸合作与交流关系。

2001 年以来，连续举办了八届中国（淄博）国际陶瓷博览会、七届中国（淄博）新材料技术论坛，品牌影响力不断扩大。

2003 年，淄博市第九次党代会确立了建设经济强市、文化大市、绿色城市，努力实现"两提前、一率先"的目标任务，大力实施环境立市战略。

这些重大战略和目标任务，适应淄博不同发展阶段要求，相互承接，不断丰富完善着具有淄博特色的发展道路。

从1985年至2007年，全市共批准外商投资企业2736家，德国西门子、日本旭硝子、美国PPG等9家世界500强企业相继到淄博投资。

淄博，继承着齐地"倡变革、重工商、兼义利"的人文理念，以博大的胸襟和勇气，加速着融入世界的步伐。

椒江走新型工业化道路

1988 年 3 月，国务院批准椒江为沿海经济开放区，促进了椒江经济迅速向外向型转变。

在新石器时代，椒江就有古人类居住，在山麓带从事原始渔猎生活。先秦时期，统称"越"地，属闽中郡。

至清代康熙二十二年解除"海禁"以来，沿海经济迅速恢复。时在葭沚设立"海关"机构，后迁海门，称"台大关"。并加强海防建设，大力兴修水利，筑塘围垦，开发沿海滩涂资源。又从 18 世纪中叶起，葭沚商埠渐兴，一度形成闽货的主要集散地。同时，台州列岛得到进一步开发，大陈形成浙东沿海岛屿最兴旺的渔业集镇，居民最多时达万余人。

清末，海门港正式辟为商埠，于光绪二十七年建立最早三安川码头，开通椒江至上海、宁波、温州等客货航线，并创办各类实业。货商毕集，市场兴旺，成为台州最繁荣的港埠。至民国间，遂有"小上海"之称。

党的十三届三中全会开辟了改革开放和社会主义现代化建设的历史新时期，椒江人民解放思想，实事求是，拨乱反正，发扬团结奋斗、锐意进取、努力拼搏、勇于开拓的精神，创造出具有椒江特色的股份制、非公有制等经济模式，逐步从计划经济向社会主义市场经济体制转变，成为沿海改革开放的前沿地区之一。

椒江是浙江中部沿海经济活跃地区，特别是改革开放以来，和"九五"时期以来，椒江国民经济持续快速健康成长，年均增幅达到 16%，整体经济再次进入了快速发展的轨道。

椒江区始终坚持走新型工业化道路，把推进城乡一体化与全面建设小康社会相结合，致力于打破城乡二元结构，推进经济结构战略性调整，整合优化城乡资源配置，促进富民强区。

2004 年，椒江实现生产总值 166.14 亿元，人均生产总值达到 4229 美元，财政总收入 14.57 亿元，地方财政收入 9.05 亿元，全区经济结构实现新的变革，从过去比较单一的农业主导型向工业主导型结构转变。全区生产总值、财政总收入、地方财政收入均居全市第二位、三区首位。全社会固定资产投资、社会消费品零售总额、外贸自营出口不断增长，有力地拉动了经济的快速增长。

工业是椒江立区之本、强区之道。椒江一直以来是台州的老工业基地，制造业的结构和技术独具优势。椒江牢固确立"制造业立区"的思想，围绕"两个根本性转变"，在发展中提高，在提高中发展，加大扶持和培育力度，通过实施"工业 153""工业 522"等培育工程，形成一批主导产业和规模企业，规模竞争和产业集群优势进一步凸显。"522"工程目标全面完成，全区销售收入超 10 亿元企业 5 家，超亿元企业 21 家，超 5000 万元企业 33 家。

高新技术产业加快发展，高新企业总数居全市首位，全区有 8 家企业列入全国非公有制企业 500 强。经过多年的发展，基本上形成了四大制造业：

一是医药化工。椒江医化行业是全国重要的化学原料生产、出口基地，已初步形成以海正、东港、九洲、海翔、新东海等一批在全国甚至国际上享有一定知名度的省"五个一批"、市"128 工程"重点骨干企业为龙头、大中小企业呈宝塔型结构、中小企业与大企业配套协作关系明显的医化产业集群，并形成了八大类在国际市场上具有影响力和控制力的优势产品，有 40 多个品种在国际市场上具有较高的占有率。

不少产品通过美国食品和药物管理局、世界卫生组织、欧洲国家的国家药品管理局或欧盟药品质量指导委员会的认证，并在全国医药领域中占有一定的地位。浙江海正集团跻身国家 520 户重点企业行列，是全国最大的抗生素抗肿瘤药物生产企业之一，旗下的海正药业是国内上市公司；中贝九洲集团公司是全国最大的卡马西平生产基地，产销量居世界第一；东港工贸集团生产的氟哌酸产销量全球最大。

二是服装机械。椒江缝制设备行业是全国最大的服装机械生产和出口基地，该行业的飞跃、宝石、杰克、大洋等企业，多功能家用机和工业机分别占国内产量的 40% 和 30%，直接出口 2 亿多美元，占全国同类产品出口总额的 40%，产量和出口量均为全国第一，产品销售遍布 100 多个国家和地区。

其中飞跃进入全国同行业四强之一，"飞跃"成为"中国驰名商标"和"中国名牌"的双冠王，"宝石牌"缝纫机荣获中国名牌产品称号。

三是家用电器。制冷配件国内市场占有率达 20% 以上，冷柜年销量连续多年居全国同行前列。"星星"是中国驰名商标，星星集团建设的星星电子工业功能区块已基本建成。

四是工艺美术。现有 50 多家生产企业，产品远销几十个国家和地区，年出口额超 2.1 亿美元，是著名的工艺品生产基地之一，同时节日灯、水晶制品等产量和出口量都位居全国第一。

此外，真空泵行业中的浙江省真空设备集团公司，已成为全国真空设备生产基地。

第三产业是椒江经济发展的主攻方向，是椒江完善城市功能、提升竞争力的基础。椒江着眼于消费需求的提升，致力于打造功能齐全的现代商贸体系。商贸、金融、房地产、旅游业发展迅速，三产增加值和全社会消费品零售总额分别增长 18.9% 和 15.1%。

交易额超亿元的市场达 7 个，肯德基、锦江百货、上海华联、乐客多、台州太阳城、新时代广场等一批著名商贸企业在椒江都建有连锁店，台州现代物流园区和葭芷物流中心正在建设。

第三产业比重逐年提高，旅游业全面发展，全年共接待国内外游客141.56万人次，实现旅游收入11.27亿元，增长10%，飞跃集团等单位被命名为全国首批工业旅游示范点。

金融业平稳发展，金融机构年末存款余额163.84亿元，物流、信息、中介、咨询、法律、社区服务等现代服务业全面兴起，已成为全区经济发展的重要支柱。

第一产业是椒江重构城市功能的重点。全区农村人口34.84万人，耕地面积15.69万亩，实现农业增加值5.37亿元。建成标准农田8.4万亩，建成优质农业示范基地8个。大陈岛深水网箱养殖园区被列为省级深水养殖示范基地。社区股份制改革和撤村建居工作走在全市前列。

椒江作为台州中心城市的主要城区，区委、区政府按照"拓展东西、连接南北、改造旧城、塑造景观"的建设思路，坚持市场经济理念，做好经营城市这篇大文章，最大限度地优化城市资源配置。

椒江把修筑标准江堤作为重新描绘椒江新蓝图的契机，展开旧城改造、医化工业园区、东部农业综合开发等一系列重点工程建设。共拆迁旧城面积达56.2万平方米，建成了一批花园式小区和高档次的市政设施。

2001年以来，椒江城区新增绿地面积12万平方米，绿化覆盖率达到27.3%，改造和新建了凤凰公园、葭沚大转盘，尤其是占地110亩的江滨公园建成，标志着椒江城区生态建设上了一个新台阶。

　　椒江城建累计投入近 50 亿元资金，分别建立了城市基础设施投资公司、交通投资公司、大桥实业有限公司、水利投资公司、土地储备公司，以投资公司作为工程项目的业主，用企业方式进行项目的筹资、建设、开发、经营，建立了"借钱、用钱、生钱、还钱"的新机制，并采取合资、独资、股份等形式，吸引各种经济组织和个人参与投资建设。

　　椒江区通过对城市的精心经营，实现了城建和经济新的飞跃。

晋江发展多种经济成分

　　1994 年 12 月，在中国农村发展道路（晋江）研讨会上，中国社会科学院等专家把晋江模式概括为：一种"以市场调节为主、以外向型经济为主、以股份合作制为主，多种经济成分共同发展"的经济发展道路。

　　说到晋江，不能不提侨乡。晋江有人口不过 102 万，而旅居海外的侨胞和港、澳、台同胞竟达 200 多万。正因为如此，晋江人总是自豪地声称"海内外共有 300 多万晋江人"。

　　晋江在改革开放之初之所以能迅猛发展，用我国著名社会学家费孝通的话讲，就是因为选择了一条适应侨乡特点、运用侨乡优势而发展的道路。可以说，"晋江模式"的出现，晋江华侨有着莫大的功劳。

　　下南洋，做番客，在背井离乡的艰辛中，有着对大海彼岸神秘的向往，有着光宗耀祖的冲动，但更多的时候，只是一种迫于生存的无奈。宋代一首诗词写道："泉州人稠山谷瘠，虽欲就耕无地辟，州南有海浩无穷，每岁造舟通异域。"

　　而晋江，自唐建县之始至清朝，一直是泉州府的驻地。

　　人多地少，田地让晋江人感到窒息，而大海打开了广阔的通道。

与异域通商，成就了泉州"市井十洲人"的盛况和马可·波罗书中的"东方第一大港"。

但随着明末清初的海禁，晋江人只能纷纷逃往南洋谋生。

作为一种谋生手段，晋江人下南洋，只是"出门挣钱"，如同"闯关东"一样，极少举家迁徙。青年男子做"番客"在外闯荡，汇回来的钱，就成为家中妻小父母的生活来源。

1950 年晋江的侨汇就达到 2925 万元。1978 年，这个数额增加到 3902 万元，而当年晋江县财政收入不过 1488 万元。

靠着这些侨汇，晋江的侨眷柴米油盐不太愁，部分侨眷还有存余。

尽管如此，晋江仍是贫困县，粮食不能自给，财政也要靠上级补贴，因为人多地少的矛盾依旧没有解决。

直到改革开放前夕，晋江还是个传统的农业县。农业虽然有一定发展，但口粮解决不了，吃饭问题带来的压力很大，工业基础也非常薄弱，没办法安排空闲的劳动力。

20 世纪 70 年代，晋江人均土地不到半亩，有的镇人均才二分地。人民公社时期，社员要排队出工，因为没那么多田地去耕种。排到就下田挣工分，没排到就回家，没事做的人很多。

曾经担任过晋江县副县长的张仲谋认为，这些"闲人"是被逼迫着去找种田以外的事来做。

血液中沉积多年的通商历史唤醒了商品意识，晋江人首先想到的就是华侨回国探亲带回的一些消费品，包括衣服、副食品以及其他日用品。

在20世纪70年代商品供应比较紧张的情况下，晋江的侨眷把用不完的日用品拿到市场上销售，形成了晋江特殊的"小洋货"市场。

"小洋货"让晋江人尝到了贸易的甜头。

在改革开放的号召下，大胆的晋江人不再满足于当零售商，他们盘算着，自己有闲散资金，有海外的亲戚提供机器和技术，也有海外市场信息。他们就利用这些优势，办起自己的工厂。

1979年，晋江陈埭镇农民林士秋，就做了件翻开晋江发展新篇章的事情。

林士秋的哥哥在香港打拼，回乡探亲时看到林士秋家中房屋破旧，就劝他不要埋头种田，建议办个厂，并从香港寄回8万元钱。

40来岁的林士秋眼瞧着自己与哥哥家中的差距，决定放手一搏。担心钱不够，林士秋找一些亲戚和邻居来凑钱。但他凑钱的方式很特别，用"认股"的方式，一股2000元。

商来议去，最后有14个人认了股，加上哥哥寄来的钱，这样林士秋就有了10.8万元。

见皮鞋非常好卖，林士秋准备用这些钱来办个鞋厂，于是买来几台缝纫机，就在自己破旧的石头房子里，创办了陈埭镇第一家股份制乡镇企业。

林士秋的皮鞋很快卖出去了，头一年就赚了 8 万元。这极大地刺激了那些入股的人，还有镇里其他乡亲。

"原来办厂这么容易！原来钱还可以这样赚！"合股的人纷纷另起炉灶，都在自己家中办起鞋厂。

"大家都是一个镇的，家挨家，户对户，看到熟人办厂赚了钱，对办厂不再觉得神秘和畏惧，纷纷效仿，拿出闲钱在自己家里办企业。"曾担任过陈埭镇党委副书记的丁显操解释。

陈埭人就是这样把"闲钱""闲人"和"闲屋"有机地结合起来，晋江模式也就是从这"三闲"中慢慢起步的。

如果只靠农业，陈埭人最后都得饿死。

在晋江，陈埭镇虽是县里的"粮仓"，土地肥沃，一年能种上两季，粮食产量也不断创新高，但仍然摆脱不了贫穷的困扰。即使陈埭人再怎样精耕细作，人多地少的局面始终无法改变。

和丁显操一样，陈埭人意识到，办厂是一条充满希望的出路。

晋江人创造出"联户集资"的形式，把侨眷手中积聚的资金和空闲的房子动用起来，与农村剩余劳动力结合，用来投资生产。

集资经营是晋江乡镇经济的一个基本特点。正是在这个特点上，它有别于苏南的乡办、村办集体企业和温州的个体企业。

乡镇企业创办伊始，刚从泥土里走出来的农民，既没有生产管理的经验，又缺乏市场信息和必要的技术和设备。

这时，晋江华侨再次发挥了作用。

丁显操后来回忆说：

很多华侨利用赠送小额生产设备可以免税的优惠政策，把原来寄回的赡家款改为小件生产设备，如电动缝纫机等。还有些在海外办企业的华侨，干脆运进制作服装的原辅材料，由亲属或乡亲在家乡开设家庭作坊进行加工，再把产品运到海外销售。

1978 年 11 月，晋江签订了第一个加工针织毛衣的来料加工合同，经试产后生产 4 万打，全部外销，开始走上外向型发展的路子。

到 1979 年，晋江乡镇企业共与 40 家外商签订了 27 份加工协议，项目有玩具、服装等。

晋江把"三闲"利用起来，最适合的方式就是搞轻型加工业，既不需要大量的资金，又不需太大的厂房，也不用国家提供原材料。市场广大，适宜民间举办，也比较容易举办。

在轻型加工业中，服装、鞋帽、小商品等更有优势，技术简单、利润丰厚，加之经营者关系多、信息灵，可以不断翻新式样、更新产品，具有强大的生命力和广泛的群众基础。

在改革的浪潮中，陈埭镇生产的鞋销往全国各地。到 1983 年，陈埭乡镇企业发展到 300 多家，全镇工农业总产值达 11027 万元，成为福建省第一个亿元镇，被誉为"乡镇企业一枝花"。

在改革开放初期，晋江陈埭镇的一些群众突破个体独资经营的不足，开始集资兴办企业，"联户集资"企业在晋江首次出现。

这种具有股份合作性质企业的出现是群众的自发创新，但政府很快认识到这种企业制度的竞争优势。晋江县政府以积极的态度支持陈埭镇群众集资办企业，并在 1980 年签发了第一份有关发展社队（乡镇）企业的文件，明确提出允许社会集资办企业，继而在全县及时推广陈埭镇的经验，将群众自发的制度创新提升为政府主导的企业制度创新，利用政府的号召力和组织资源，快速地在全县范围内掀起一股兴办乡镇企业的热潮。

晋江县政府之所以能够恰当处理好政府与企业的关系，最根本来说，就是敢于解放思想，一切从实际出发。

在国家政策不明朗，甚至全国爆发"姓资姓社"大讨论的时候，晋江县政府没有对刚发展起来的"草根经济"进行打压，不是去消灭这种创新的企业制度，而是有原则地进行保护。

这种行为，是尊重社会生产力的发展规律，尊重群众作为创新主体的地位，是解决百姓生存和发展的正确方式。

晋江的乡镇企业，并不是凭空一夜间突然出现的，而是在与国内形势不断试探的对抗中逐渐展现在国人面前。

在晋江，林士秋不是最早办私人企业的，但他比那些更早办企业的乡亲要幸运得多。

1975年时，晋江就出现一些家庭工厂，但当时的政治气候容不下这些乡镇企业的萌芽。

1976年有部轰动全国的新闻纪录片《铁证如山》，拍摄了晋江石狮镇的贸易市场，称这是"资本主义的复辟"。

1977年，又打击"新生的资产阶级分子"，晋江300多个办了企业的农民被叫去参加"学习班"。

"搞什么事情都要搞集体的，不能搞个人的。一年都会有一个割资本主义尾巴的运动，每年冬季就开始整顿。私人办工厂，就是资本家，风险很大，所以很多办厂的人喜欢干部也参一点点股，这样会安心些。"丁显操对此深有体会，"1978年后，国家开始转向以经济建设为中心，镇里的干部才敢去发动农民多办企业。政府开口后，农民胆子就大了，这边三五个人搞一个厂，那边又几个人搞一个厂。"

但随着企业的发展，晋江的企业主出现新的疑惑。第一个迫切的问题就是，工厂发展了，人手不足，能不能雇人？还有那些参股的资金可不可以分红？

"当时县领导走访企业的时候，就被这些问题问住了。虽然国家 1979 年就赋予福建省在对外经济中实行'特殊政策，灵活措施'，但中央文件并没有对这些问题给出明确答案。于是县里进行深入调查，多次开会研究，有时候会开到天亮。最后讨论的结果是，只要能够促进生产，能够促进发展，就应该支持。"从 1978 年就参与县常委会记录的张仲谋记得非常清楚。

1980 年，晋江县委颁布了《关于加快发展多种经营和社队企业若干问题的决定》，明确允许社员集资办企业，允许企业雇工，允许集资企业股金分红及允许推销产品提成等。这些回答解开了企业主心中的困惑，更激励了他们投资办厂的热情。

就在这一年，晋江县工业产值在 1949 年后第一次超过了农业产值。

"当时县委下发这个文件，还是有些担心的，毕竟这是中央从来没有过的提法。慢慢地，县委发现这些提法也逐渐出现在中央文件里，就越来越坚定信心了。解近忧，谋长远，成了县里的工作方向。"张仲谋说。

政府正是出于这种信念，引领晋江走向了繁荣。

1983 年 5 月 17 日，晋江发展模式得到福建省领导的肯定。

这一天，福建省委第一书记项南带着省里一些部门及各地市、县的有关领导，共计300多人在晋江陈埭召开全省社队企业现场会，并带领这些官员在陈埭走了3天，看了3天，称赞陈埭是"乡镇企业一枝花"，并描绘这枝花"要遍及全省，要有一百枝，一千枝，一万枝"。

1984年，晋江县委、县政府作出了《关于大力发展乡镇企业若干问题的规定》，开始大力扶持乡镇企业。

很快，在陈埭等重点乡镇，出现了"家家点火、村村冒烟"办企业的奇景。

这年12月，陈埭乡镇企业达702家，成为福建省首个工农业总产值"亿元镇"，收到了省政府颁发的"乡镇企业一枝花"锦旗。当年，人均年纯收入达806元。

然而，不到半年，一场灾难从天而降。

1985年6月上旬，在北京召开的全国药品订货会上，有人指责晋江制售假药，并送走私雨伞、手表，给回扣。

随即，中央一些媒体连续发文批评。

同年7月4日，更大的风暴来临：中纪委在党报头条发表了致晋江地委的一封公开信，要求严肃处理。

虽然只有寥寥数百字，但措辞严厉！晋江地委感到了空前压力。

随后，调查组、记者纷至沓来。一时间，晋江恶名传遍全国，退货浪潮殃及各类产品。

事后查明，陈埭镇涵口村等一些联户企业以冰糖、银耳等饮料加上"卫检编码",作为药物全国销售 10 万多箱,销售额达 2000 多万元。

彼时,许连捷已成立恒安公司,受该案影响,其产品包装地址及业务员介绍信上只标注"泉州安海"。

许连捷说:"如果标注晋江,连旅社都不让业务员住。"

此案彻底改变了晋江官方的"无为",县委书记齐世和与班子达成共识:

> 仍要坚持联户集资办企业的路子,处理企业、干部不要扩大,举一反三,总结教训。

于是,包括陈埭镇党委书记、涵口村党支部书记在内的 17 名干部被判刑或处分,200 多家企业被停办、撤销,县镇两级质检机构随之成立,晋江到全国各地举办商品展销会,以消除影响。

"事实证明,县委头脑是很清楚的。"陈文敬称。此案极大地教育了晋江人要讲诚信,到了年终,全县企业反而增产。

非常时期,项南也多次到陈埭调研鼓气,指出陈埭出现的问题,"是九个指头与一个指头的关系",提出要"治虫护花"。

1987 年,项南退居二线。

回京之前,项南再度来到陈埭。当调研结束,中巴车驶出镇政府大门后，获知消息的陈埭人沿途点燃了手中的鞭炮，"项南你好"的喊声响彻上空，而项南摇下车窗，只默默挥手。

项南走后，晋江官方仍"护花"不止。

1989年，晋江决定将联户集资民企纳入集体企业或港资、合资企业加以保护，戴上"红帽子"或"洋帽子"。当年，企业数激增至4000多家。

这一年，戴上集体企业"红帽子"的恒安加速扩张，次年就跨出福建进入重庆，随后布局全国。

1990年，晋江县委提出晋江精神时，将"诚信"排在"谦恭、团结、拼搏"之前。

1990至1991年，中国再现姓"社"姓"资"大争论，不少人责难晋江。为此，晋江县政府提出"四个有利于"：

有利于发展生产；有利于国家富强；有利于提高人民群众生活；有利于集体积累。

这就又为乡镇企业吃了"定心丸"。

三、 突破行动

- 2007 年 5 月 1 日 8 时左右，温家宝在河北省委书记白克明、省长郭庚茂陪同下，来到位于渤海湾的唐山曹妃甸港，视察煤炭码头、原油码头和矿石码头，慰问施工人员。

- 河北省委常委、唐山市委书记赵勇多次听取项目设计报告，亲自参加项目论证会，对项目的科学性、合理性多方征求意见，反复进行论证研究，方案一审再审，几易其稿，最终落地。

- 铁西区为共和国创造了无数个第一，从天安门城楼上第一面国徽，第一台 5 吨蒸汽锤，第一部 50 万吨钢坯初轧机组……成为我国装备制造业的基地，被称为"中国的鲁尔"。

开发建设曹妃甸工业区

2006 年 7 月 29 日，一个永远载入曹妃甸史册的日子。这天，胡锦涛亲临曹妃甸工业区视察。

胡锦涛在视察时指出：

> 曹妃甸是一块黄金宝地，是唐山和河北发展的潜力所在，在我国的整个生产力布局中占有重要地位。环渤海地区是我国继珠江三角洲、长江三角洲后正在迅速崛起的重要区域，曹妃甸对于环渤海地区的发展具有十分重要的意义……
>
> 要按照科学发展观的要求，高起点、高质量、高水平地把曹妃甸工业区规划好、建设好、使用好，使之成为科学发展的示范区。

20 世纪 80 年代、90 年代，深圳和上海浦东的开发开放，分别带动了珠江三角洲和长江三角洲两大经济板块的崛起，使其成为我国经济发展的重要引擎。

党的十六大以来，尤其是进入"十一五"时期，国家把振兴环渤海区域经济列入重要议事日程。环渤海经济圈有望成为继珠三角、长三角之后中国经济发展的第三个增长极。

世界经济发展史表明，一个区域的发展往往依托于一些经济基础较好的"点"，再通过这些增长点向周围辐射扩散，从而带动整个区域经济的崛起。不少专家认为，我国第三个经济增长极的"引擎"就是天津滨海新区和唐山曹妃甸工业区。

随着我国工业化进程的加快，我国对原油、铁矿石等需求迅速增长，对大型专业深水码头的需求越来越迫切。

然而，环渤海地区至今没有形成具有战略支配地位的深水港口群，这与其未来的经济地位不相适应。

历史选择曹妃甸并非偶然，它得天独厚的自然条件、区位优势，支撑它能够担当起这份历史重任。

曹妃甸处于渤海湾中心地带，"面向大海有深槽，背靠陆地有浅滩"，是渤海湾中唯一不需要开挖航道和港池即可建设30万吨级大型泊位的"钻石级"港址。此外，它还有与之相连的450平方公里的滩涂可供开发利用，是一个可依托深水大港建设重化工业基地的"黄金宝地"。

而且曹妃甸直接腹地唐山市工业历史悠久，诞生了中国第一座机械化矿井、第一条标准轨距铁路、第一台蒸汽机车、第一桶机制水泥和第一件卫生陶瓷，被誉为"中国近代工业的摇篮"。

事实上，早在1919年，伟大的民主革命先驱孙中山先生在《建国方略》中就写道："兹拟建筑不封冻之深水大港于直隶湾中……顾吾人之理想，将欲于有限时期中发达此港，使之与纽约等大。"

孙中山先生心目中的北方深水大港，指的就是曹妃甸。

1992 年 2 月 1 日，唐山市邀请刘济舟、邱大洪等 17 名专家举行《首钢兰宝港填海建港工程预可行性研究论证会》。

在这次会上，专家一致认为，曹妃甸港自然条件优越，是首钢进口矿石最佳的港址，建设 20 万吨级（兼顾 25 万至 30 万吨级）开敞式码头是可行的。

从 1992 年谋划论证到 2004 年，曹妃甸项目的前期工作整整进行了 12 年。在这 12 年里，唐山市先后聘请了 14 名两院院士为项目顾问，参加设计规划的国内甲级设计院 30 多个，参与论证的专家超过 3600 人，形成了 50 多项科研成果，还进行了一次全国最大的海洋物理模型试验。

12 年下来，曹妃甸工程的前期工作共投入 6000 多万元，形成的 50 多项科研成果，为国家决策提供了大量科学、翔实的依据。

当时的曹妃甸，上无一片瓦，下无一棵树。要建港，就得填海造地，施工难度之大难以想象。

前期准备工作时没有通岛路，我们要趁着

涨潮用民船将所有的工程技术人员和设备运到岛上。有时候时间把握不好,潮落了,施工船只有等着下一次涨潮回来,人员就只能在船上面对着茫茫大海坐一宿;天气寒冷时,只得趴在发动机上取暖。

回忆起当初的建设场景,曹妃甸实业港务有限公司总经理王钟敏感慨颇多。

在科学论证的基础上,曹妃甸工程逐步得到社会各界的认可,形成了广泛的共识。

2001 年,河北省"十五"计划纲要提出要"加快曹妃甸深水泊位前期工作,争取早日开工"。

2002 年,唐山市委、市政府明确将曹妃甸工程确立为全市"四大兴市工程"之首,举全市之力开发建设。

同年 9 月,首钢、河北省建设投资公司、唐钢、唐山港口投资有限公司以股份制形式组建曹妃甸实业开发有限公司。其后,秦皇岛港务局也加入进来,形成 5 家共同开发港口的局面。同月,通往曹妃甸岛的公路青林公路(滦南青坨营—唐海林雀堡)开工建设,2003 年底完成全部路基工程。

2003 年,河北省委、省政府把开发建设曹妃甸确立为全省"一号工程"。

2003 年 3 月,通岛公路开工,这标志着曹妃甸大规模开发建设正式启动。

2004 年底，国务院原则通过了包括曹妃甸进口矿石码头、原油码头在内的《渤海湾区域沿海港口建设规划》。

2005 年初，国家发改委正式批复《关于首钢实施搬迁、结构调整和环境治理的方案》，首钢正式落户曹妃甸。

2005 年 10 月，曹妃甸工业区被列为国家第一批发展循环经济试点产业园区。

2006 年 3 月，曹妃甸被列入国家"十一五"发展规划。

曹妃甸开发建设，得到了中央领导的高度重视和大力支持。

2007 年 5 月 1 日 8 时左右，温家宝在河北省委书记白克明、省长郭庚茂陪同下，来到位于渤海湾的唐山曹妃甸港，视察煤炭码头、原油码头和矿石码头，慰问施工人员。

在煤炭码头翻车机房的建设工地上，工人们正在紧张地施工。

温家宝站在直径上百米、深达几十米的基坑边上大声对工人们说大家过节好。工人们向总理挥手致意。

温家宝又走到正在焊接钢板的工人中间。老工人王贺庭对总理说："两年前这个地方还是一片汪洋，现在我们已经开始修建世界上最大的翻车机房了。"

温家宝听了十分高兴，他对工人们说："你们在这里夜以继日地工作了四年，顽强拼搏，努力奋斗，曹妃甸有了今天的巨大变化，都是工人们亲手创造的。中国工人很伟大，要把工程建设单位和个人的事迹记载下来，世代不忘。"

工人们高兴地鼓起掌来，纷纷围过来和总理合影留念。

温家宝听取了曹妃甸的规划建设情况汇报。他说：

曹妃甸是北方的天然深水良港，建设好这个大港，将促进河北、环渤海地区及北方地区的经济社会发展。在短短几年间，这个荒凉的小岛发生了翻天覆地的变化，看了令人鼓舞。

曹妃甸的建设是从一张白纸开始，好画最新最美的图画，因此要科学规划，有长远眼光，坚持高标准、高质量、高水平，把曹妃甸建成环渤海地区的耀眼明珠。

随后，温家宝来到首钢京唐钢铁厂建设工地，查看了正在建设的5500立方米炼铁高炉和2250毫米热轧机生产线。

这个高炉由首钢设计院独立设计，是我国目前最大的高炉，在世界排名第五。2250毫米热轧机生产线设备制造以国内为主，技术装备达到了国际先进水平，当时正在进行主厂房和设备桩基施工。

突破行动

工地现场旋挖钻机、吊车和推土机协同作业，一片繁忙景象。

当温家宝来到工人中间，大家鼓掌欢迎。

温家宝说："今天是劳动者的节日，去年'五一'我到首钢看望了干部职工。今天又到曹妃甸和大家一起过节，心里非常高兴。"

温家宝看到工人们在捆扎钢筋桩笼，便从工人手里接过钢筋钩，在桩笼上做了一个钢筋板扣，引来工人们一片掌声。

中午时分，温家宝在热轧生产线建设工地和工人们共进午餐。

温家宝走到餐车前领了一碗小米粥、两个素馅包子，和工人们一起围坐在木条凳上，边吃边聊。

温家宝问工人从哪里来，想不想家，有没有电视看，并了解工程进展情况。

温家宝说："为了改善首都环境，办好 2008 年奥运会，首钢服从国家需要，搬迁到曹妃甸进行二次创业。要精心规划、精心组织、精心施工，严格要求、严格管理，确保工程质量、确保安全、确保项目按期投产、确保搬迁顺利完成，把首钢京唐钢铁厂建成产品一流、技术一流、环境一流、效益一流的世界级精品钢铁基地。"

温家宝特别强调："我国钢铁工业产能已经很大，要注重调整结构，增加具有国际先进水平的产品，大力淘汰高耗能、高污染的落后生产能力，提高钢铁行业的竞争能力。"

吃完午饭，温家宝一刻也没有休息，又驱车一个多小时来到中石油冀东南堡油田。

温家宝登上钻井平台，和钻井队的工人亲切交谈，了解钻机运行和油气开发情况。

温家宝说："经过近几年的勘探，发现了南堡油田这个整装优质大油田，这是40多年来我国石油勘探最激动人心的发现。听到这个消息，我兴奋得睡不着觉，在'五一'节特地来向你们祝贺，并表示敬意。石油工人和技术人员用新的理论、新的方法、新的工艺和技术，艰辛努力，为国家经济社会发展又作出了重大贡献，全国人民感谢你们。希望石油工人继续发扬大庆精神、铁人精神，艰苦奋斗，百折不挠，为国家多找石油、多产石油。"

考察结束了，石油工人和温家宝依依惜别。

温家宝说："今天和大家一起过劳动节很高兴，劳动光荣，劳动创造财富、创造价值，劳动者应当得到全社会的尊重。"

开工建设唐山湾滨海大道

2008年10月17日12时20分，是唐山人应该铭记的一刻：

> 一条加快唐山通往世界的希望之路在唐山湾起步，起于海港开发区，向西经乐亭、滦南、滨海新城的唐山湾滨海大道，即海港开发区至曹妃甸段正式开工建设了。

唐山濒临渤海，东起滦河入海口，西至蓟运河入海口附近的洒金坨插网铺，共有7条大小河流从这一区域入海，海岸线总长198公里，占河北全省的40%。作为渤海湾的重要组成部分，现在这条宝贵的海岸线及其沿海区域被称为"唐山湾"。

唐山湾"四点一带"地区涉及唐山南部沿海现有9个行政区域，行政区划面积5592平方公里。

"四点"包括曹妃甸新区、乐亭新区、丰南沿海工业区和芦汉经济技术开发区；贯通"四点"而形成的沿海经济隆起带，长约149.5公里，宽2至80公里，规划面积2143平方公里，约占全市国土面积的15.9%。

每一条路的建设，都适应了与时俱进的发展需要，都被赋予了丰富的历史内涵，滨海大道也是如此。

这条滨海大道是唐山市委、市政府高瞻远瞩、科学规划未来唐山发展的一个大手笔，也是美化唐山湾、促进旅游业发展的神来之笔。

交通是经济发展的先导，是承接产业转移、港口大规模开发建设的先决条件和支撑体系，要通过交通基础设施的科学谋划发展、跨越率先发展、超常规模发展的大思路，来进一步规划和推动两港区，即曹妃甸港区和京唐港区，以及曹妃甸工业区和海港开发区的合理均衡发展和布局，为提高两港综合物流、运输吞吐能力和促进临港产业更好更快发展搭建平台，从而加紧加速推进唐山湾建设步伐，推动"四点一带"的强势崛起，使之早日成为功能齐全、世界一流的"东京湾"。

如果说曹妃甸、京唐港是镶嵌在唐山湾两颗耀眼明珠，那么唐山湾滨海大道是将其串联在一起的实现优势互补，促进均衡发展的金项链。

决策之初，该路就被唐山市委、市政府定位为沿海现代化交通体系的标志性工程，要求把滨海大道建成具有世界一流水平、功能齐全、路景和谐的景观大道。

为了不辜负全市人民的殷切希望和各级领导的重托，唐山市交通局综合考虑港口长远发展需求和区域总体规划，邀请最好的设计单位，对建设标准、路线走向、断面结构、沿线绿化景观进行了细致科学的勘察，着眼于高标准进行了方案设计。

此项工程，得到了唐山市各级领导的高度关注和大力支持。

河北省委常委、唐山市委书记赵勇多次听取项目设计报告，亲自参加项目论证会，对项目的科学性、合理性多方征求意见，反复进行论证研究，方案一审再审，几易其稿，最终落地。

滨海大道海港开发区至曹妃甸段全长 38.7 公里，其中 32.3 公里为沿海滩涂，清点放线及征地拆迁任务十分艰巨。

为了尽快完成这项关系工程能否全面铺开的艰巨任务，沿线各级政府、有关部门和建设指挥部按照唐山市委、市政府的要求，于春节后迅速组建了两个清点放线小分队、一个征地拆迁小分队，从 2008 年 2 月 10 日开始，在沿海滩涂上谱写了一曲艰苦卓绝的奉献之歌。

"其实地上本没有路，走的人多了，也便成了路。"鲁迅先生这句名言在沟壑纵横的清点现场得到了最好的诠释。

每天早晨天刚亮，参加清点放线和征地拆迁的三个小分队上百名干部职工就从四面八方聚集到一起，除了勘测人员外，多数单位都是从几十公里外驱车赶至工作面上。

为了加快清点放线速度，两个小分队一到现场就架起 GPS 卫星定位测量系统，或从几公里间隔的两头徒步向中间聚集，或各管一段，徒步向不同的方向进发。

由于沿海滩涂养殖业的需要，每隔一两公里，就有一条自然形成的海岔子，要越过这条海岔子，清点放线人员经常需要多走一两公里路。

为了抢抓进度，两个清点放线小分队都打破了一日三餐的常规，午饭或推迟到下午两三时，或干脆派人买回盒饭，在田间地头、在虾池鱼塘边，以盒饭、面包、矿泉水充饥。

工管处工作人员李岩、崔锐，都是新毕业的大学生，家人听说孩子在外工作这么艰苦，经常打电话问寒问暖。而他们在野外艰苦的工作环境下，真正体味到了自己的人生价值。

二月春风似剪刀，而二月的海风却刺骨。在清点放线现场，特别是几个、十几个小时的连续作战，所有工作人员的手、脸都被冻得通红。

2月12日雨后，田埂上、虾池旁，泥泞难行，过沟爬坡，不少人员弄得浑身都是泥水。2月21日一场大雪，气温骤降10多度，所有工作人员都始终奋战在清点放线第一线。

沿线群众说："在这片盐碱滩涂上，好几年也没有过这么多人、这么多车在这里这么忙活着。"

指挥部地方处副处长、转业军人汪金虎已届天命之年，在清点放线中他率领一个小分队，发扬过去在部队雷厉风行、敢打硬仗的战斗精神，无论哪道工序，都要求在确保质量的前提下速战速决。

一次，汪金虎率队到十分偏远的位置清点放线，为了加快清点速度，尽量降低消耗，他指挥清点放线人员从早晨直干到16时，才组织干部职工去吃午饭。

然而就是这一天，汪金虎率领大家完成了最艰难的6公里清点放线任务，创造了清点放线以来日工作量的最高纪录。

清点放线和征地拆迁涉及群众的切身利益，唐山市交通局领导为此多次到现场办公，嘱咐工作人员："一定要把群众的利益放在首位，各项工作都必须做到客观公正、全面准确，决不允许有损害群众利益的事件发生。"

为此，无论是清点放线，还是征地拆迁，工作人员宁可多走几里路，也要对涉及的一砖一瓦、一草一木全部进行详细的清点、测量、登记、上账，做到了应登尽登，不差量、不漏项，得到了当地群众的一致认可。

滨海大道将跨越乐亭县马头营镇碱堡村，涉及50多户房屋拆迁，县政府副县长薛树滨两次主持召开征地拆迁调度会，广泛宣传滨海大道建设的意义和目的，从而提高了沿线各级政府领导、各部门干部职工和广大群众理解、支持，并通过下发《征地拆迁通告》，深入乡村逐户走访，认真细致清点丈量，由司法、公证机关对各户房屋建筑现状进行证据保全等项措施，为和谐拆迁、依法拆迁奠定了良好的基础。

建设萧山经济技术开发区

1993 年 5 月，是萧山发展史上的一个重要时间点。

5 月 12 日，萧山经济技术开发区经国务院批准成立，成为国家级开发区。

当时，国家级经济技术开发区全国只有 30 个，设在县（市、区）的只有 4 个，萧山经济技术开发区就是其中之一。

萧山经济技术开发区的前身是杭州钱江外商台商投资区江南区块。

在 20 世纪 90 年代初，随着萧山乡镇企业的发展，大量农村劳动力已逐步向工厂企业转移，培养了一大批熟练工人。

同时，紧挨杭州，人力资源较为充足。此外，在台湾的萧山籍人士较多，大部分从事工商业，他们中不少有回到家乡投资的愿望。

优越的地理位置，再加上丰富的外商台商资源，让杭州钱江外商台商投资江南区块成为萧山吸引外资的一个重要平台。

1992 年春天，邓小平到南方视察并发表重要谈话，我国的改革开放进入了一个新的发展阶段。

当时萧山的决策者认为，萧山的工业不能满足于

"小打小闹"，需要引进新的发展理念和新的发展形态，萧山经济技术开发区经国务院批准成立，恰好为萧山的新发展提供了契机。

国务院印发的《国务院关于设立萧山经济技术开发区的批复》中明确指出，萧山经济技术开发区实行沿海开放城市经济开发区关于生产性外商企业所得税减15%的税率征收政策。

当时，这个开发区位置圈定为城区北侧，东至新浙赣铁路，南至北塘河，西至兴议村，北至解放河。

于是，一群充满激情的创业者手持一纸批文，怀着要在这9.2平方公里的土地上打造萧山新型工业化园区的理想，开始了艰苦的创业。

萧山经济技术开发区由此踏上了它肩负梦想与责任、充满艰辛与喜悦的创业征程。

当时，萧山经济技术开发区还是一片静寂的土地。用一位创业者的话说，当时这里完全是农村的景致，泥泞的小路，及膝高的野草，城市文明似乎很遥远。

到2008年，开发区已经成为中外客商纷纷抢滩的黄金之地。

在投资者眼中，这里高楼林立，企业密集，资本活跃，是萧山最具活力的城市新中心。众多开发区建设的参与者见证了开发区15年的发展历程。

原开发区管委会副主任陆炎明是土生土长的萧山人，他亲历了开发区最初的筹建过程。在陆炎明的记忆中，开发区原先只是萧山城区北面的一片农田。

拿到国务院的批文以后，一切都不一样了。用 60 万元自筹资金起步的开发区人，凭着一股"奔竞不息、勇立潮头"的精神，用贴心的服务，换来了投资，赢得了发展。

友成控股是开发区的第一家日资企业，友成在过去 15 年的发展正是开发区发展的一个缩影。

1993 年，日商增田胜年敏锐地意识到了开发区的发展潜力，果断在此建立了第一个工厂。

友成控股的相关负责人村越启介说：

> 我们与开发区一起成长，在发展过程中得到了开发区管委会的大力支持，像刚开始的通水、通电、修筑道路等等很多方面，开发区管委会都给予了大力帮助。

萧山经济技术开发区一经成立，便成为各大媒体瞩目的焦点。

当年的《人民日报》头版刊发了《国家级开发区中的后起之秀》的报道：

> 仅过半年，萧山经济技术开发区，以新观念、新机制创造全新的投资环境，吸引了大批海外投资者纷至沓来，批准进区的"三资"企

突破行动

业已达 56 家，总投资 4.2 亿美元，被许多投资者誉为"天堂里的宝地，投资者的乐园"。

到 2008 年，经过 15 年的建设，开发区已经"长大成人"：从最初规划的 9.2 平方公里，拓展到 2008 年的总规划面积 129.94 平方公里；从最初集中于一个市北区块，扩展到了市北、桥南、江东三区联动；从最初只有个别国家和地区的投资商，到 2008 年为止，共有 27 个国家及地区的 700 余家企业来此落户，累计吸收外资 50 亿美元。

其中，2007 年引进外资总额 7.645 亿美元，合同外资 3.555 亿美元，实到外资 2.11 亿美元，均占全区外资总量的 40% 以上。

鞍山鞍钢进行创新技术改造

2005 年 8 月，骄阳似火。

而此时，位于济南钢铁集团公司（济钢）新厂区的建设现场，近千名来自鞍山钢铁集团公司的工程技术人员忙得不亦乐乎。

由鞍钢自主开发，向济钢成套输出的 1700 中薄板坯连铸连轧生产线，在建成主体厂房和两台连铸机先后投产后，已经进入了最后的攻坚阶段。

这是鞍钢首次对外输出自己的成套技术。

在拥有大大小小数百家企业的中国钢铁行业，这也开创了企业间成套输出技术装备的先河。

在 10 年前，鞍钢却是另外一幅景象：别说输出技术，就连一套完整的具有世界先进水平的生产装备都很难找到。

技术落后、产品结构不合理，竞争力下降，企业陷入全面亏损。

就连当时刚刚上任不久的鞍钢集团总经理刘玠，都接到过记者这样的尴尬提问："国有老企业不改造只能等死，负债改造无异于找死，鞍钢怎么办？"

很多人甚至认为，即使国家投资几百个亿，鞍钢也是个"无底洞"，不可能起死回生。

为了回答"在等死和找死之间，鞍钢怎么办"的问题，鞍钢人开始了长达 10 年的苦苦求索。

鞍钢是新中国成立初为支援全国经济而组建的国家重点钢铁联合企业，一度形成初建时全国支援鞍钢，建成后鞍钢技术人员支援全国钢铁行业的局面。大量具有丰富经验的工程技术人员，成了鞍钢特有的财富。

另一方面，鞍钢生产装备虽然落后，但是很多零部件能用来组装新设备，生产装备上已经有了雄厚的基础。

刘玠一番思索后认为："鞍钢要改造，没有钱从国外全套购买新技术，只能靠自己开发创新，能省就省。"

为了走出困境，鞍钢"九五"期间勒紧裤带，拓宽融资渠道，开始了一系列技术改造。

为了技术改造，甚至于一连好几年，鞍钢干部职工都没有涨过工资。一分钱当两分钱用，资金要用在刀刃上。

鞍钢技改之初就定下一条规矩：能自己干的就自己干，自己确实干不出来的关键部位，才引进国际先进技术；但是在引进同时要注意消化吸收，迅速形成自己的技术资源和创新能力。

鞍钢 1780 热连轧生产线是 1999 年引进日本三菱关键技术建成的，而两年后，鞍钢依靠自己的力量，自行建成了 1700 中薄板连铸连轧生产线（APS），使自己在这一领域的技术装备，一跃而成为国际一流水平。

鞍钢开发出中国第一条拥有自主知识产权的 1700 热

连轧生产线后，打破了国外企业的垄断局面，从此国外向中国输出这套技术装备的要价直线下跌，从原先的80亿元至90亿元下降到40亿元至50亿元左右。

就在国内不少钢铁企业还热衷于全盘引进国外先进技术时，鞍钢通过自主创新，已经摸索创造出一条"高起点、少投入、快产出、高效益"的技术改造新路子。

"十五"以来，鞍钢依靠自己的力量先后完成了矿山系统"提铁降硅"，容积达3200立方米的新一号现代化高炉和多条彩涂板生产线等的改造和新建，而通过自主设计、研发和装配调试，鞍钢的绝大多数项目所需的投资数额只到国际同类项目的一半，并且具备了"小项目当年投产，一年收回投资，大项目3年内投产，3年到5年收回投资"的能力。

在这一项项辉煌的成果背后，都离不开刘玠的筹谋规划。

刘玠来到鞍钢不久，就在大会上扬言："对鞍钢的设备进行根本改造。在全球经济一体化的今天，鞍钢不改造，只能是等死。"

可是钱从哪来？不要说将老设备全部淘汰，就是动一个局部，也得亿万计。

而此时的鞍钢已经被三角债拖进了泥潭，几个活钱只能凑合给职工发工资，说改造简直是谵语妄言。

没钱，多么伟大的改造计划都是纸上谈兵的。

没钱找银行，这是个老套路。但有人放话说："没钱是个死；贷款也是个死，被贷款的高息拖死。"

更何况，那时鞍钢还欠着银行一屁股债。银行对这个几近瘫痪的钢铁巨人是斜眼睨视的，不时派人来鞍钢催债。

刘玠在度过无数个不眠的夜晚之后，思路渐渐集中到一点："能不能借助现代股份制度，把鞍钢的固定资产盘活？鞍钢毕竟是有过辉煌的老企业，品牌是钱；鞍钢是大家大业，纵然设备老旧，倘若盘活也是笔大钱。"

主意一经产生，操作就是技术层面的问题了。

总之，到了 1996 年的夏天，刘玠带领鞍钢人成功地突围了。

鞍钢把旗下包装一新的新轧钢公司拿到香港上市，资本一下子扩充了 26 个亿。

那年春节，鞍钢家属区的爆竹声响得跟排子炮似的。

而刘玠却是别样一种复杂心情：看着打扮一新的"儿子"上路远行，他高兴，但他不敢回头，因为家里大都是些破烂了。

技术和设备改造这场大剧就这样拉开了序幕。

一开始，刘玠就搞了个平炉改转炉。

别的厂都是扒平炉建转炉，这要好大一笔钱。

刘玠在党政联席会上却这样发问："别一提转炉就想另起炉灶，为什么不能就地改？改转炉也改连铸，省一大笔钱啊。"

会场一下就嗡嗡起来。大家承认这是个极具想象力的方案。问题在于，这种配套改造工程对厂地的空间要求非常苛刻，原地改造有多少可行性？

很多人说："不行。"

刘玠说："怎么就不行？"

有人说："要是行，别家都这么干了，谁不知道省钱省时？"

刘玠说："我们就是干别人干不了的。"

讨论到后来，大家宁愿相信他是对的。他是工程专家而不是空想家，他的很多鬼点子或许更能体现他的才华。

失败连着失败，沮丧连着沮丧。有时都觉得无望了，但刘玠却咬定不放，技术人员便只好在荆棘地里找路。

最终，刘玠的坚持是对的。有一天，技术人员把一个可行的新方案拿到了刘玠的案头。

不停产，改一座转炉停一座平炉，连同连铸工艺，相继建起了 6 座 100 吨的转炉，实现了全转炉全连铸。只这一项，就为国家省下 15 个亿。

一位兄弟钢厂的总工参观了他们的"平改转"工程后，连声惊叹："你们相当于建了两个钢厂，才用几个亿，简直是奇迹。"

鞍钢的神话就是这样在刘玠的领导下开始的。

装备升级增强产品研发能力，担任过三峡工程总指挥的陆佑楣对此就深有感受。

2004 年初，三峡工程对 12 个电站大型水轮机的蜗壳

突破行动

钢板进行国际招标时，由于对这种钢板的技术要求非常高，国际上竟然没有一家企业投标，情急之中的陆佑楣只好将目光收回到国内。

刘玠了解到这一情况后，迅速作出反应，决定研制国产替代钢板以解三峡工程的燃眉之急。由鞍钢技术中心和新轧钢股份有限公司等单位组成的项目组，以超常规的工作方式，经过多次试验，仅用 3 个月时间就轧制出替代产品，经检验完全满足三峡右岸水轮机蜗壳钢板的要求。

威海建设开发区筑巢引凤

1992 年 10 月，威海经济技术开发区成立。

威海开发区刚成立时，开发区决策者就明确提出了"基础设施先行"这一指导思想，"广植九州梧桐树，招得八方凤凰来"，就是"筑巢引凤"。

但是，开发区没有更多的钱，这个"巢"怎么"筑"呢？

威海开发区决策者考察了全国不少开发区，发现他们开发 1 平方公里土地，需要投入资金 1.5 至 2 亿元人民币。

开发区建立之初，正赶上国家实施紧缩银根的政策，控制"开发区热"，使威海开发区的工作更加困难。

为此，威海开发区采取了三条措施：

第一，抓科学规划。对开发区建设，国家提出了"开发一片、受益一片、延伸一片、滚动发展"的思路。开发区请来有关方面的专家，把开发区当作现代化的都市来规划，又当作工业区来规划，充分满足这两方面的要求。决策者们结合开发区实际，创造性地提出了"中心起步，扇形辐射，滚动发展"的开发战略。

所谓中心起步，就是采用数学坐标系原理，在区内先确定道路框架，然后以此设立泾渭分明、功能齐全的工业区、商业区、生活区等多个功能小区，各个功能小区的结合点，即为坐标系的中心，进入各个功能小区的项目围绕中心布点；所谓扇形辐射，就是根据项目类别，分别将其安排到各个不同功能的小区，围绕中心呈扇形延伸开发；所谓滚动发展，就是集中资金，集中力量，开发一片，延伸一片，受益一片。

第二，抓城市建设。为了尽快形成开发规模，建区初期，管委会提出了"先拉框架后填空"的开发方针，先把道路框架拉开，修了10纵12横22条道路；后来为了避免基建战线过长，他们又提出了"大配套一步到位，小配套围绕项目集中进行"的建设思路。

在修好道路的基础上，哪里有项目、建工厂，哪里有水、电、气、暖优先进行深配套，他们就以较少的投入，既引进了项目，又使土地增值，达到了以"芝麻"换"西瓜"的效果。

第三，抓资本运作。在总结别人经验教训的基础上，认真做好土地资本运作这篇文章，提出了"一动、三定、三为主、三统一"的土地转让政策。"一动"，即土地实行动态价格。"三定"，即以项目和资金定地片；以项目规模定面积；以合同定开工、完工时间和按比例建设的进度。"三为主"，即区内产业布局以工业为主；第三产业以金融、贸易、旅游为主；以吸引高科技、大项目为主。"三统一"，即统一规划、统一征用、统一转让。

与此同时，开发区还提出了"工农结合，城乡一体，优势互补，联动发展"的思路。简单来说，就是从农民手中买生地，通过配套变熟地对外招商，再以熟地还给农民，让农民以熟地作为资本参股入股、合作开发，既解决了开发区缺少配套资金的问题，又解决了失去土地后的农民没有项目问题，把农村经济发展与开发区经济发展融为一体。

可以说，威海开发区成立晚，失去了一些发展机遇。但是与此同时，开发区管委会也借鉴了老开发区创造的成功经验，避免了他们走过的弯路。

开发区招商引资从威海的实际情况出发，除了营造环境优势之外，主要抓了以下三个方面：

一是园区招商。管委会规划建设了出口加工区、科技创业园、清华紫光等十二大工业园区，并落实了党工委书记包园开发负责制，每个书记负责 3 个工业园区，各个园区都设立了服务机构，为进区项目和客户提供全方位的服务。

二是实行招商引资责任制。开发区管委会提出了"发展是硬道理，项目是生命线，客户是上帝，能招商会引资者为功臣"，将招商引资作为考核领导干部政绩的一把最公平、最重要的尺子。从 1998 年起，在区直各部门建立了招商引资责任制，并严格兑现奖惩。要求领导干部带头，县处级领导干部主抓千万美元以上的大项目，形成了领导带头、全民招商的可喜局面。

三是抓好软环境建设。开发区管委会在优化服务方面采取了一些措施，比如成立了"招商中心"，实行"一站式"办公"一条龙"服务，明确规定对外商提出的问题和要求办理的事项在48个小时内必给答复。

经济要发展，关键是人才。威海开发区在人才培育和建设方面有何高招？

开发区的主任后来回忆说：

在开发区成立后的第一次干部大会上，开发区这没有、那没有，缺资金、少能源，但最缺的就是人才，有了人才资源，就可以弥补其他资源的不足。刚开始我们就坚持"以人为本"这一战略观念，人才从哪里来？我们提出了四句话，即"招聘全球的，重用贤能的，培养年轻的，轮训在职的"。

第一，招聘全球的。"人才就是资本，招贤就是招商"，面向社会、面向高等院校，广招人才。到2008年，大学生在开发区机关干部中已占了95%。

第二，重用贤能的。管委会提出"用一贤才是最大的效益，用一庸才是最大的浪费，用人不当是最大的失误，人事问题上的不正之风是最大的腐败"，建立了"把三关""过三关"的用人机制。

第三，培养年轻的。管委会觉得开发区不应该只出工业产品，更应该出人才。2008年，党委作出决定，每个局必须配备 1 至 2 名局长助理，配备助理不能论资排辈，有三条标准，一是年龄不超过 35 周岁，二是学历不低于研究生，三是女干部不少于三分之一的比例，如果选择妇女干部，可以配备两名助理。

第四，轮训在职的。对现有的在职干部，管委会提出了"四化"标准，即语言国际化，大家都要会外语；知识专业化，干什么就要懂什么；办公自动化，都要学会操作微机；行为规范化，培养国际型人才。

另外，管委会在坚持公开招聘选择人才时，由于机构改革后，有些人才受编制限制进不来，经党委研究，专门对两种人才开了绿灯。

一是研究生以上学历的高层次人才，给编制，给房子，给待遇，研究生可以享受科级干部待遇，博士生经组织批准可享受副处级干部待遇，对一些正在上学、生活困难的研究生，如果签订合同，同意毕业后到开发区工作，每年给予 3000 元助学费。二是翻译人才，也给予特殊优惠待遇。

沈阳改造铁西老工业区

2003 年 10 月，中共中央、国务院出台了《关于实施东北地区等老工业基地振兴战略的若干意见》。

在这份文件中提道：

> 立足现有基础，以提高国内外两个市场竞争力为目标，在搞好企业改革和改组的基础上，围绕提高质量、增加品种、降低消耗、替代进口、改善环境和安全生产，加快重点行业、重点骨干企业的技术改造。
>
> 要以提高国际竞争力为目标，重点发展数控机床、输变电设备、轨道车辆、发电设备、重型机械等重大装备产品，把东北地区建成我国重要的现代装备制造业基地……

沈阳的铁西区，在 40 平方公里的范围内，集中了上千家国有企业，曾经是中国规模最大、密集度最高的重工业和装备制造业基地。

新中国成立后，铁西区风光占尽，它为共和国创造了无数个第一，从天安门城楼上第一面国徽，第一台 5 吨蒸汽锤，第一部 50 万吨钢坯初轧机组，到第一台拖拉机、第一台组合机床，成为我国装备制造业的基地，被称为"中国的鲁尔"。

然而，从20世纪90年代开始，铁西区的辉煌迅速退去，昔日最让铁西骄傲的大型企业却成了铁西区背上巨大的包袱。

沈阳市有一条赫赫有名的街道叫北二路，曾经有37个大型国有企业坐落在这条街道上，它们创造了共和国工业史上350个第一。

但是，从1995年至2003年，这条街道却有了另外两个名字，叫作"亏损一条街""下岗一条街"。

在这期间，铁西区大部分企业破产的破产，关门的关门，再没有一家盈利了。

1996年11月，生产出我国第一台拖拉机的大型国有企业沈阳拖拉机厂，在一次大会上，到会者每人发了一根香肠以示安慰后，就这样宣布破产了。

1986年至2002年的16年中，90%的国有企业处于停产或半停产状态；企业平均负债率高达90%；城市功能单一，二、三产业比例严重失衡；职工生活困难，30万产业工人中有13万人下岗；社会保障缺失，10万多名下岗职工没有参加养老、失业和医疗保险。

这时候，陷入困境的铁西区流行起很多顺口溜：洗手没有肥皂，干活没有手套，什么时候发工资不知道。

不仅铁西的工人没钱，整个铁西区都成了有名的贫困户，2002年铁西区每平方米的土地出让金只有邻近和平区的五分之一左右。

面对这种困境，辽宁省政府一直在积极寻求振兴之路。

1988 年，辽宁省政府将铁西工业区列为辽东半岛开放区经济发展战略目标的 3 个示范区之一，成为利用外资改造老企业的试验区。

2002 年 6 月，真正的转折点出现了，沈阳市作出铁西区与沈阳经济技术开发区合署办公的战略决策，为铁西老工业基地调整改造和全面升级提供了制度支撑。

铁西区的地域面积从 40 多平方公里增加到了 484 平方公里，为铁西突破重围开辟出广阔天地。

铁西改造经历了三个阶段。第一阶段是简单的剥离、转型，然后是寻求市场的生机，恢复市场体制，最后借助于"东搬西建"，腾笼换鸟，"真正让他们彻底发生脱胎换骨的变化"。

政府组织结构变革之后，铁西区实施了"东搬西建"，大量的老国有企业从原铁西区迁出，搬迁到新的经济技术开发区内。

同年，铁西区开始了大规模拆除烟囱的行动。

沈阳冶炼厂 3 座 100 多米高的大烟囱，曾经是铁西作为老工业基地的核心标志。2004 年 3 月 23 日，这三根大烟囱被定向爆破，轰然倒塌。

在随后的几年间，上千座烟囱被拆掉，建成绿地和休闲公园。集中连片的棚户区被彻底消灭。

有数据显示，从 2002 年开始，通过"东搬西建"，铁西区腾出来 7 平方公里多的土地，区财政仅从土地出让中就获得 140 亿元的资金。

对于铁西区政府来说，这笔钱完成的是支付企业的改革成本。50 亿元用于解决国有企业历史遗留问题，55 亿元用于支持企业发展，欠老百姓的 30 亿元内债都偿还了，十几万下岗职工实现并轨。这些都是政府对于企业改革成本的支付。还有 35 亿元用于城乡基础设施建设，包括棚户区改造，成为一定范围的社会福利。

树挪死，人挪活，这场大搬家，成了很多铁西企业的命运转折点。

北方重工，是在沈阳重型机械集团公司和沈阳矿山机械集团合并重组的基础上组建的国有独资公司。

2003 年，正当企业的经济效益在低谷中徘徊时，人们突然发现盾构机的市场是一个空白。我国对盾构机的需求量非常大，这个市场一直还在国外公司手中。

盾构机是专门用于隧道挖掘和地铁建设的一种大型设备。但是，这种设备我国却没有生产。

无论什么工程，只要需要盾构机，就必须依靠进口。

由于对盾构机这个产品并不了解，以前的产品跟它也是相差很远。

2004 年，北方重工在对市场全方位考察之后，找到了解决核心技术难关的突破口。

从 2004 年开始，北方重工先后与德国、法国、日本等国际上生产盾构机权威企业技术合作，迅速地掌握了世界顶级的盾构机生产技术，先后为武汉长江隧道、青海的饮水工程提供了我国自己生产的盾构机。

北方重工盾构机公司副总经理何恩光说："从这三台开始以后，我们马上就迅速地进入市场，在北京直径线，还有广深港铁路客运专线两个项目上，我们依次拿到六台大盾构机，这是在全世界盾构机制造历史上也是第一次，是绝无仅有的。"

2007 年 7 月，北方重工以绝对控股优势，成功并购了拥有世界隧道掘进机知名品牌和核心技术的德国威尔特控股公司法国 NFM 公司。

这一举措不仅标志着北方重工盾构机制造技术已经达到了国际先进水平，同时也意味着北方重工已经跻身于国际化市场的前列。

短短的 4 年时间，北方重工从一个生产盾构机的外行，跃居世界级盾构机制造基地。

时任沈阳市铁西区副区长的董峰说："铁西老工业基地是我们国家的一个重要的工业区，在过去几十年当中为我们国家填补了 500 多个空白，那么在近几年的发展当中，为我们国家的经济建设又填补了近 200 个空白，创造了 200 个第一，其中有 30 多个产品达到了世界第一。"

与外方合作，借助国外资源，迅速占领技术制高点，是北方重工重获新生的诀窍。

不过，铁西的老国企，走的也不止这一条路。

俗话说，独木难支，沈阳鼓风机集团却在整个铁西区遭遇生死危机的时候，靠自己的力量支撑了下来，始终没有倒下。

1996 年，铁西区的老国企纷纷陷入泥潭。巨大的波动中，沈鼓集团同样受到了影响，但却渡过了难关。

那么，到底是什么让同样负担沉重的沈鼓集团走出困境？

沈鼓集团是一个生产鼓风机和压缩机的企业。时任沈阳鼓风机集团公司董事长的苏永强说："20 世纪 70 年代，当时的沈阳鼓风机厂曾生产过几台压缩机，但因为技术落后，始终没有市场。1982 年，沈鼓开始从意大利进行技术引进，推出了第一台二氧化碳压缩机组，这个项目在当时引起巨大的轰动，那时候实现了国产化零的突破。"

压缩机是用于石油、化工、电力、国防等重大行业的高端产品，所有的乙烯产品生产完全依托于压缩机。

而在 1998 年之前，包括裂解气压缩机、丙烯压缩机和乙烯压缩机在内的乙烯三机产品，我国 100% 依靠进口，压缩机的质量至关重要，压缩机停一天，企业损失数千万。

苏永强说："压缩机一响，黄金万两，压缩机一停，效益为零。"

压缩机的价格非常昂贵，从国外进口一个压缩机组，价格高达 1.5 亿人民币，所以，包括中石油、中石化等大企业，不得不硬着头皮拿出巨资购买进口压缩机满足生产。

苏永强颇多感慨地说："这对生产压缩机的企业是莫大的耻辱，于是从 1982 年开始，沈鼓集团发誓要研究出国产的压缩机。"

于是，沈鼓集团从 80 年代中期开始了长达 20 年的技术创新。

随着第一台压缩机的成功问世，1999 年 48 万吨压缩机在大庆油田成功运行；2002 年 36 万吨压缩机在上海石化成功运行；2005 年 64 万吨裂解气压缩机组在广东茂名成功运行；2007 年，沈鼓集团中标百万吨乙烯三机，完成了压缩机行业的三级跳。

苏永强颇为自豪地说："不要说百万，茂名 64 万吨中标数国外公司都吓坏了，因为这是顶级技术。"

沈鼓集团生产的压缩机组不仅质量好，而且价格比进口的低，一个机组的价格为 7000 万元，低于进口一半以上。

从无到有，从刚刚起步到世界级技术，沈鼓集团通过自主创新为国家节约了大量的资金。

沈鼓集团生产的压缩机市场占有率已经突破了 85%，为我国各类行业提供 1800 多套大型机组，为国家节省外汇高达 10 亿美元。

对此，董峰说："在自主创新当中，一直是瞄准国际上最先进的东西相互对接，也就是说去接轨，而不是说我们完全是自己闷头干活。我们的企业，我们的好多产品研发，既和国外合作，又在这个基础上提升自己的自主创新能力，也就是拥有自主知识品牌。"

自主创新让铁西区的很多老国企找回了自己的市场地位。其实，有时候危机就是生机。

20世纪90年代中期，正在铁西区很多老国企为生存发愁的时候，却有一家民营企业主动落户到了铁西区。后来，这家企业也随着周边的老国企搬到了开发区。

1993年，在很多企业效益不景气的时候，沈阳远大集团公司成立。远大公司生产的是一种叫作幕墙的产品。

沈阳远大铝业工程公司总经理王义君这样解释："一栋栋大楼建完以后要穿衣服，所以我们把这个大楼外边穿的衣服统称为幕墙。"

幕墙的技术含量很高，它集玻璃、铝板、铝合金、石材等多种产品精制而成，目前国内外很多大楼都采用了这样的装饰，装上幕墙之后，整个大楼看上去既美观、豪华，又气派。

其实早在20世纪中期，很多发达国家在建筑中就使用了幕墙。但是在我国，直到20世纪80年代，个别的酒店、宾馆或者写字楼才刚刚开始使用。

沈阳远大正是看中了这个机会。通过1993年到1996年国内市场练兵，掌握了建筑幕墙行业的核心技术。

3年的练兵，对于一个刚刚起步的企业来说，时间并不是很长，但是他们却为企业的发展埋下了一个伏笔。

1999 年，沈阳远大成立 6 年，公司的决策层作出了一个大胆决策，进军海外市场，和国外公司竞争。王义君是当时海外项目部的总负责人。

天不遂人愿。短短的几个月，在新加坡、英国的两个工程亏损就高达 1 个亿。

王义君说，1 个亿的亏损，让他们给国外的市场交足了学费，在总结了教训之后，沈阳远大对新加坡市场开始反扑。

随后，沈阳远大的幕墙越做越火，欧洲最高的大楼，430 米高的俄罗斯联邦大厦，德国的法兰克福机场的航空铁路运输中心等世界著名标志性建筑，幕墙全部是由沈阳远大提供。

在 7 年的时间，至少承揽超过了 50 个的项目，进入幕墙这一块，大概出口销售额达到 7.5 亿美元。

远大市场越做越大，2008 年北京奥运会的鸟巢工程，沈阳和天津的奥体中心，采用了他们生产的产品。

沈阳远大的业绩不断攀升。2007 年，沈阳远大工业产值突破百亿元大关，与另外两家突破百亿的企业沈阳机床和北方重工构成了铁西新区的铁三角。

从 2002 年开始，依靠引进外资、自主创新以及民营企业的发展，铁西区各项主要经济指标保持着 30% 以上的速度增长，装备制造业基地规模以上企业 305 家，主要产品达到 90 大类，1000 多个系列，上万个品种，其中

18 个产品排名世界前十名。

铁西区调整改造的成绩，已经获得了国家的高度肯定。

2007 年 6 月 9 日，国家发改委、国务院振兴东北办授予沈阳市"铁西老工业基地调整改造暨装备制造业发展示范区"称号。

更喜人的是，2008 年 12 月 7 日，铁西区获得全国第一个联合国全球宜居城区示范奖。

批准设立营口市鲅鱼圈区

1984 年，在建立了深圳、珠海、汕头、厦门四大经济特区后，国务院在沿海开放的 14 个城市中，首批兴办了包括大连、广州、青岛等在内的 14 个经济技术开发区。

同年，为了减轻营口老港，即营口市辽河港的压力，位于渤海东北部海湾的新营口港开始兴建。1990 年初，港口始成。

十里八村少人烟，一片碱滩几只船，这是开发区以前小渔村时的真实写照。

20 世纪 80 年代初期，这个沉寂已久的渔乡开始了鱼龙变化的传奇。

值得一提的是，虽然全国首批经济技术开发区中没有营口经济技术开发区的名字，但是视发展为生命的营口却在此后一段时间里，克服困难，自行配套了数十亿资金，在几乎没有优惠政策的情况下，悄悄搞起了开发区建设。

以至有媒体事后报道说：

营口经济技术开发区是"自费生"，当初拿到的是改革开放头班车的"站票"。

106

1984 年 1 月，国务院批准设立营口市鲅鱼圈区；1988 年 3 月，辽宁省委、省政府决定在此兴建营口出口加工区。

1989 年 7 月 21 日，辽宁省第一家韩国外商投资企业营口化妆用具有限公司在鲅鱼圈 0.5 平方公里的工业区内落户了，注册资本 40 万美元，主要生产和经营化妆用具，产品主要销往美国、日本、英国、加拿大、韩国等国家。

营口化妆用具有限公司落户，打破了鲅鱼圈没有外商的局面，鲅鱼圈用"以商招商"的方式，带来了多家日本、韩国的投资者前来考察，仅第二年就有营口三喜加工有限公司、韩国泰山服装、刚进缝制品、新罗刺绣、宇清缝制品等 8 家日韩公司在鲅鱼圈相继落户，带动了本地区及周边地区的经济发展，吸引了一批外地青年前来就业。

1989 年实际利用外资额 690 万美元，出口创汇 350 万美元，这一成绩也为鲅鱼圈向国家级开发区迈进奠定了坚实的基础。

营口港建成后，年吞吐量提升很快，短时间内就达到了 2000 万吨。

20 世纪 90 年代初，营口开发区招商引资进入迅速发展阶段，工业区从 0.5 平方公里扩展到 5.6 平方公里。

1990 年 8 月，联合国开发计划署营口考察团建议更名为营口新经济区。

正是由于诸多的先决条件，在 1992 年邓小平同志南行讲话后，国务院第二批批准的包括北京、武汉、重庆等在内的 18 个经济技术开发区中，排在第一的就是营口开发区。

营口开发区虽然跻身于国家级经济技术开发区的行列，但除了牌子之外，并未得到相关的优惠政策和资金支持。

远比深圳，近看大连，实力悬殊，差距太大。何处去？怎么办？

穷则思变，只能背水一战！

营口开发区认准了发展这个硬道理，有条件要上，没有条件创造条件也要上，就是要硬发展创奇迹。

建港，渔民迁走渔船；修路，人们舍弃家园。一代代领导者挑灯夜战，一批批开拓者挥汗苦战，一群群建设者昼夜鏖战，在一洼盐碱滩、一片高粱地上，拉开了大开发的帷幕，奏响了硬发展的序曲。

升格至开发区，一大批外资企业如伊都锦、一心箱包、三协精工、奥镁等外资项目陆续登陆开发区，招商引资达到了前所未有的高潮。

和其他开发区一样，营口开发区的几任管理者都把招商引资作为首要任务来抓。

1996 年、1997 年开发区经济发展走进低谷。

《经济日报》为营口开发区经济发展"号脉"一事，

让开发区人们记忆深刻，形容开发区经济社会的关键词，如环境差、牛车、草帽干部、宰客……

"号脉"号出了营口开发区经济发展的症结所在。

1999 年，营口开发区从打造环境开始入手，拆小房、修路、建广场、加强园林绿化、整顿交通秩序，加大城市建设力度，打造城市环境，治理整顿城市软环境，营口开发区的环境在慢慢好转，大大增强外来投资者在此投资创业的信心。

1999 年投产营业及开工建设的项目有 16 个，另外有营口阿斯创化工有限公司、营口嘉里粮食工业有限公司、营口一心箱包有限公司、营口泰山服装有限公司等 8 家外资项目追加投资，追加投资额达 5073 万美元。

90 年代初招商引资的特点是体量小、技术含量低、数量多、规模相对比较小，多数企业以劳动密集型为主。

进入新世纪，特别是临港和滨海 5.3 平方公里的两个工业园区的打造，为投资者搭建了一个更有利于企业发展的投资平台，开发区人不断优化投资环境，完善城市功能，使招商引资工作实现质的飞跃，一批高附加值、环保型大项目已经落户开发区。

然而，直到 2005 年，入驻营口开发区的项目也都是一些规模小、档次低、质量差的项目。

在 2006 年 12 月的一次内部会议上，开发区与营口的差距被提了出来，"开发区建设这么多年，还没有引进几户能够代表国家级开发区形象的大项目、好项目。到目

突破行动

前为止，我们引进世界 500 强的项目还不到 10 个，世界 500 强直接投资的超大型项目至今还没能实现零的突破"。

不过，在 2006 年，变化开始。

内部会议认为，如果没有钢铁产业的加入，也许直到今天，开发区可能依然在寻找发展方向。

在营口经济技术开发区看来，区内产业升级的需要和大型企业对生存空间的渴求无疑成就了一段绝佳姻缘。

事实上，鞍钢从 10 年前就开始筹划自己的沿海钢铁基地，从辽宁到海南，鞍钢考察过的地方超过 20 个。

营口开发区港口、交通、能源条件都很好，而且离鞍钢老基地非常近，但却因为没有足够的水源保证，使得鞍钢把目光外转。

"转机出现在 2004 年以后。"鞍钢前总工程师龙春满回忆说，"营口开发区不但为鞍钢的到来兴建了水库，营口港还专门为鞍钢建设了铁矿石专用码头。"

"港口和工业区的零距离"，成了鞍钢最终选择在营口开发区建设沿海钢铁基地的理由。

2008 年 9 月，鞍钢鲅鱼圈的营口经济技术开发区新厂投产。

鲅鱼圈区位于辽东半岛中部的渤海之滨，坐落在营口市南端 50 公里，北距沈阳 210 公里，南距大连 170 公里，总面积 268 平方公里，称之为渤海明珠鲅鱼圈北方亚龙湾。

鲅鱼圈设区以来，牢固树立"发展是硬道理"的观念，坚持"建设亿吨大港、打造百万人口新城区"的发展目标和"出路在改革，重点在环境，根本在项目，关键在干部"的工作方针，实施"开放立区、依港兴区、工业强区、旅游活区"的发展战略，全面抢抓新机遇，整体放大开发区，力求产业发展园区化、城市开发生态化、港口建设现代化、商贸物流国际化，以港口优势、交通优势、电力优势、资源优势和旅游优势，铸就营口经济技术开发区的辉煌。

"鞍钢营口项目总体规划建设规模为年产钢铁 1000 万吨。按行业通用数据测算，该项目达产后，销售收入应在 400 亿元左右，地方收入应在 30 亿元以上。"营口经济技术开发区外宣办官员说。

而 400 亿元的工业产值，则正在把营口市从位居辽宁第十直接送至全省第四大经济体的位置。

鞍钢带给营口冶金产业的集群效应，远不止于这些。围绕鞍钢会形成一个巨大的产业链，这其中既包括运输、附料生产、产品深加工、职工生活等直接产业链，也包括环保、废料再生产等间接产业链。

以运输量为例，鞍钢 1000 万吨的钢铁产能，需要营口方面提供 6000 万吨以上的货运量才能相配套，这对于营口开发区经济的带动作用不言而喻。

与此同时，鞍钢项目彻底改变了营口开发区的产业结构，招商方向从过去欢迎出口加工型企业，转向更希望重化工制造型企业落户。

从 2006 年开始，德国诺玛、印度塔塔、辽宁米高、中国三冶等一批围绕鞍钢的大项目相继开工建设。

更为重要的是，由于连庞大的鞍钢项目都严格坚持环保原则，使得后续进驻开发区的企业自然而然地认可了"高附加值"和"环保型"这两个至关重要的"门槛"，为开发区打开了可持续性发展的大门。

成就了姻缘，找到了方向，就要矢志不渝地坚持和维系下去。

这已成营口经济技术开发区上下一致的共识。

2009 年 4 月 20 日，营口经济技术开发区在北京人民大会堂迎来了她的"巅峰时刻"，即国家级营口经济技术开发区城市推介暨第十五届"中国·营口望儿山母亲节"新闻发布会。

在会上，高作平骄傲地宣布：作为"一座现代化、生态化的海滨新城"，营口经济技术开发区"正展现在世人面前"。

建设发展扬州江阳工业园

2001 年 7 月，扬州市委、市政府作出一个重大战略决策，即建设"一区五园"。

扬州"一区五园"，是指扬州经济开发区、江阳工业园、港口工业园、邗江工业园、杭集工业园。

江阳工业园区位于扬州北部新区，北侧为联结京沪高速和润扬长江大桥的西北绕城高速公路，南侧为苏中交通大动脉，连通扬州城区与长江港区的扬子江大道贯穿其中，是扬州第一批重点建设的工业园之一。

"园区是全区人民的园区，全区人民是园区的主人。"

"园区发展我发展，我为园区作贡献。"

"兴衰成败在园区，万众一心建园区。"

……

在 2000 年，对于维扬区众多投身建设江阳工业园的人们来说，这样的口号是精神力量。

早在 2000 年 5 月，当时的郊区政府就开始考虑工业园的建设方案了。

作为扬州沿江大开发大开放的战略要地，这里曾经是汉代扬州城池的所在地，自古是商家必争的"风水宝地"。

维扬区原为郊区，工业基础一度比较薄弱。当时，郊区工业发展的确需要一个好载体。

就在这样的背景下，董得利和六七位同事，全身心投入了工业园的筹备。

当时，由于对工业园区的建设缺乏经验，所以，都是摸着石头过河，学习别的城市的优秀经验，再结合扬州本地的实际进行操作。

从决策建园的第一天起，区委区政府就极为重视。上至区委书记、区长，下至乡镇的领导，都为园区的规划和建设投入了全部的热情和心血。

回想往事，董得利对当时各乡镇的负责人充满了感激，他回忆说：

> 江阳工业园的建设，不是靠发发文件、动动嘴皮就完成的。那时，真的是"举全区之力"，我们给各部门、各乡镇定了量化的指标，并且列入考核。搞招商竞赛，排座次，这些办法都用过。

维扬区的农民，为了建工业园，也牺牲了很多。

据统计，江阳工业园拆迁民房 9 万多平方米，450 户农民失去了他们如鸟儿筑巢般建起来的家园。

在工业园建设的特殊时期，很多农民表现出的牺牲精神让政府工作人员非常感动。有的是刚刚借钱盖好的新楼，有的是新婚刚装修好的爱巢，但为了园区建设，还是拆了。

"当时的拆迁现场，是最感人的。"董得利说，"许多人是一边流着泪，一边拆着自家的房子。"

为了拆迁工作的顺利进行，乡村党组织和党员干部起到了模范带头作用，涉及自家的房子，他们先拆，无论多困难，他们先搬走……

许许多多感人的故事，都发生在那时。

2001年5月，郊区政府遇到了一个不大不小的难题：省里的电网铺设要横穿江阳工业园区，而且，规划已经通过，正准备竖电线杆。

董得利一听急了："电网从工业园的企业上空走过，叫人家怎么盖厂房啊？"

三天两头，董得利和同事跑市供电局、省供电局。"可人家不答应啊，他们的规划在先，我们的规划在后，而且，他们的工程已经开始施工了。"

最终，省供电部门实在拿这些倔强的政府工作人员没法子，只好同意电网顺着工业园规划的道路沿线走。

尽管工业园承担了一部分工程的额外费用，但这个问题的解决，为工业园能够顺利建设、招商奠定了基础。

2001年7月26日，江阳工业园正式挂牌，基础设施建设开始全面启动。

从这一天起，董得利任江阳工业园管委会主任。

"三五个人，七八条枪"，用来形容当初的管委会一点不为过。

江阳工业园最初的管委会办公室设在平山乡的一家小浴室里。

董得利说："小浴室有间空置房，租金便宜啊！我们拾掇拾掇，就搬进去了。"

挂牌仪式非常简单，加上放鞭炮，不到半小时就结束了。

凹道变坦途，厂房平地起。这样的美景，硬是在缺钱又缺经验的江阳工业园变成了现实。

有个好舞台，才能吸引企业来唱戏。基础设施早日完备，才能抓住招商的机遇。雨水污水排放、电力等配套设施一步到位，使企业免去了以后改造带来的麻烦。对于园区建设，招商才是真正的生命线。

2001 年，当年负责招商的西湖镇副镇长王斌长年累月在外省市跑，"家里就是个旅馆"。

那时候，真正做到了"敲门招商"。

第一批进园的 24 个企业，本地企业只有五六个，其他的，都是招商干部从浙江、广东等地"请"进来的。

郊区的西湖镇，有个著名的企业扬州久扬渔具有限公司。该公司创建于 1991 年，占地面积 5 万多平方米，厂区建筑面积 3 万平方米，90% 以上设备是进口，产品全部外销。

2001 年 5 月，久扬渔具要和台商合作，引进一个注册资金达 500 万美金的项目。

为了这个项目，管委会招商人员全程跟踪，一直谈到 2001 年底，项目才正式进园。

招商，江阳人用的是一个"诚"字。

2002 年 3 月，广东联达纸品有限公司的一位负责人来江阳工业园考察。

当时，工业园招商处人手正紧张，但是管委会最后还是决定，抽出专人陪这位负责人考察市场。

之后，虽然该公司董事会否决了在扬州的投资意向，但工业园区的诚意还是打动了广东的客商。

2002 年 5 月，郊区政府去广东开招商会时，由于联达纸品有限公司的推介，许多广东客商表达了投资江阳工业园的初步意向。

"有付出，总会有回报。"江阳人坚信这一点。

建园之初，尽管经费十分紧张，他们还是常常派车到上海、南京接客商来考察，有的客商虽然没谈成进园的项目，但园区还是用专车将他们礼貌地送回。

工业园管委会为了尽早帮助客商办好证照，有时自掏腰包叫出租车。

"有的投资者连税务、工商的门都不知道往哪儿开，这些事如果管委会不闻不问，一定会挫伤投资商的积极性。"董得利说。

对于新生的江阳工业园来说，在 2001 年 7 月到 2003 年上半年这段时间内，走得并不顺畅。

冲着政策优惠，许多附近的小厂，都掏钱买地进园。人气是聚起来了，可园区却呈现出"摊大饼"式的发展状况。

"如果总在铺摊子上做文章，质态得不到提高，品质得不到提升，总有一天，园区会丧失话语权。"面对当时的状况，维扬区委书记高瑞芹曾经这么说过。

2003年初，维扬区委、区政府着眼于打造竞争力，要求园区必须尽快提升质态、提高品质、提速发展、加快转型，从集聚人气向集聚产业转移。

在江阳工业园，给人印象最深的是江阳创业园，这是江阳人创新智慧的结晶。

作为江阳工业园的"园中园"，创业园是专门为那些处于创业阶段，但又想借园区的"东风"发展的中小投资者"量身定做"的，此举为中小企业做大做强提供了强有力的支撑，为他们"破茧化蝶"提供了一个"孵化平台"。

对于进园企业的性质，江阳创业园不设门槛，不问"出身"，只要不是污染企业，不论企业大小，均可进园，园区内的厂房可租可售。

本书主要参考资料

《大突破》马立诚 中华工商联合出版社

《难忘这八年（1975—1982）》程中原著 世界知识出版社

《转折：亲历中国改革开放》吴思 李晨著 新华出版社

《邓小平的最后二十年》余玮 吴志菲著 新华出版社

《共和国经济风云》赵士刚主编 经济管理出版社

《辽宁经济发展与对外合作》辽宁省环渤海经济研究会编 辽宁教育出版社

《蓬勃发展的开放城市》向三久 熊彩云编写 中国少年儿童出版社

《中国的开放城市》新华社中国新闻资料社编辑部编辑 新华出版社

《中南海三代领导集体与共和国经济实录》王瑞璞主编 中国经济出版社